Landleben – Sex im Dorf

Von Gustl Mair

Impressum

Bibliografische Information der Deutschen National-
bibliothek: Verzeichnung diese Publikation in der
Deutschen Nationalbibliografie. Detaillierte biblio-
grafrische Daten über http://dnb.de

© 2023, Gustl Mair
Herstellung und Verlag:
BoD – Books on Demand, Norderstedt

ISBN: 9783756808496

Wo steht was?

Wer schreibt ?

-Gustl Mair – Jahrgang 1949 arbeitet seit vielen Jahren freischaffender Künstler. Doch was heißt schon Künstler. Ist es ein Lebenstil oder jemand, der Papier bemalt, ab und zu Gitarrensaiten zum Schwingen bringt oder die Zeilen für ein Büchlein schreibt. Das ist für ihn laut eigenem Bekunden nicht so wichtig.

„Wirklich bedeutsam erscheint mir das, was neulich mein Hausarzt zu mir sagte."

„… Bleiben Sie weiterhin so kreativ. Dann haben Sie vermutlich mit Demenz nichts zu tun …

Das Dorf

Die Häuser von knapp 1200 Einwohnern
schmiegen sich an die Ufer eines kleinen
Flüsschens beim Dorf. Im Vergleich zu Nil
oder Amazonas ist es natürlich ein eher
trauriges Rinnsal. Unser Dorf liegt irgendwo
in Süddeutschland, cirka 800 Kilometer von
der Nordsee und knapp 700 Kilometer vom
Mittelmeer entfernt. Es besticht weniger
durch seine Rokoko-Kirche, deren Turm
durch eine Art „Fernsehturm", über den
angeblich im Vor-Satelliten-Zeitalter die
Telefongespräche nach Amerika vermittelt
wurden. Es hat auch einen Fußballplatz, sogar
mit Kunstrasen. Doch das Beste ist, dass es
noch eine richtige Dorfwirtschaft mit echt
selbstgekochtem Essen gibt. Ganz ohne
„Burger" oder fabrikpanierte Hähnchenflügel
auf der Speisekarte!

Meine Geschichten sind nicht innerhalb eines Monats oder eines Jahres passiert. Die älteste Erzählung hat sich vor fast 100 Jahren ereignet. Dennoch hat Sexualität auch in der „guten, alten Zeit", ja eigentlich schon immer eine nicht unbedeutende Roll im Leben der Menschen eingenommen.

Aus Gründen des Datenschutzes nenne ich weder Orts-noch Landkreisnamen. Wenn sogar schon Bäckerei-Fachverkäuferinnen oder Bankangestellte keine Namensschilder mehr tragen dürfen oder wollen- wegen des geheimnisvollen Schutzes der Persönlichkeit, nenne ich natürlich auch keine richtigen, sondern sog. Falsifikate, also Fälschungen der Namen. Eigentlich Neudeutsch „Fake". Ich frage mich jedoch schon, wer schützt eigentlich die armen Profis im Fußballgeschäft oder anderen Sportarten? Finanziell zwar meist gut ausgestattet, müssen sie doch ihre Haut zu Markte tragen, genauer ihren Namen auf dem Trikot der Öffentlichkeit preisgeben.
Eigentlich ein bisschen lächerlich, das Ganze!
Ähnlich wie das N-Wort für dunkelhäutige Menschen, das heute stark pigmentierte

Afrikaner oder Amerikaner heißt.

Und dann das ganze „Gender"-oder „Booster"-Getue. Als ob es keine wichtigeren Probleme auf dem Globus gäbe. Bei fortschreitender Erderwärmung oder weiterer Häufung des Plastikmülls brauchen wir uns wegen der vorgenannten „Schwierigkeiten" ohnehin keine Gedanken mehr machen.

Doch keine Angst vor Weltuntergangs-Stimmung: Ich gehöre zu den „Morgen-noch-ein-Apfelbäumchen-Pflanzer"-Typen …"

Vor(spiel)wort

Wer redet schon gerne über Sex?

Eine Tatsache vorweg: ich war nur bei einem der beschriebenen Erlebnisse persönlich dabei. Jedoch nicht aktiv, sondern nur als Zuschauer, eben ein „Voyeur" oder „Spanner".

Und außer meinen Reiseerlebnisse in verschiedenen Teilen der Welt stammen alle Schilderungen aus meinem Dorf und den Nachbarorten. Das Thema Sex kommt dabei jedoch allerhöchstens in besonderen Situationen auf die Tagesordnung. Entweder ist der Gesprächskreis sehr klein und überschaubar. Oder die Teilnehmer sind mit Bier oder Schnaps alkoholisiert. Oder gar bekifft mit einem Marihuana Joint. Und es ist auch erstaunlich, was zum Thema Sex unter vier Augen alles an die Oberfläche kommt!. Viel hängt vermutlich mit Prahlen oder dem „das muß ich dir unbedingt erzählen" zusammen. einer Art Spannertum. Oft haben ja solche „Berichterstatter" ihr Wissen vermutlich auch

11

nur vom Hörensagen. Ohne je Gelegenheit beim Zuschauen bei sexuellen Handlungen anderer gehabt zu haben. Ja mehr noch: sie beziehen ihre Fantasien eventuell oft aus dem Fernsehen, dem Kino, dem Internet oder aus

einschlägiger Literatur. Wer waren nun die bisherigen großen Sex-Schriftsteller? In früheren Jahren galten zum Beispiel Marquis de Sade, D. H. Lawrence (Lady Chatterley), Henry Miller oder Charles Bukowski als Spitzenreiter der Sex-Literatur. Mit „Sex im Dorf" werde ich mich vermutlich nicht in deren Fußstapfen bewegen.

Wahrscheinlich auch nicht finanziell: -dafür ist mein Büchlein letztlich „zu brav!".

Doch wer weiß? Vielleicht bestellen meine Mitbewohner im Dorf und den Nachbarorten ungeahnte Mengen. Vielleicht auch nur damit sich dieser heikle Titel nicht zu sehr verbreitet.. Oder um dem Thema Einhalt zu gebieten. Trotzdem möchte ich das Thema „Sex" aus entspannter Warte, ja sogar mit einem Schmunzeln betrachten.
Auf alle Fälle glaube ich, dass Sex zum Leben wie Essen und Trinken gehört.

Zum besseren Verständnis über mich: - Jahrgang 1949, katholische Erziehung, seit mehr als 40 Jahren mit der gleichen Frau verheiratet. Ansonsten ziemlich normal. Aber was ist schon „normal"? Wer setzt die Maß- stäbe für die „Norm"? .In meinen Jugend- jahren bewegte sich das Thema Sex zwischen Geheimnisvollem und Verbotenem.
Jedenfalls kann ich mich nicht erinnern, dass sexuelle Themen je im Schul-, geschweige denn im Religionsunterricht vorgekommen wären. Auch meine herzensgute Mutter lebte nach der katholischen Zählreihe

„ … drei, vier, fünf, *pfui !*, sieben …
Und noch heute erinnere ich mich an ihren
Befehl „Wegschauen"!, wenn sie nur in ein
Handtuch gehüllt aus dem Bad huschte.

Also los! Begeben wir uns nun endlich in die
berühmt-berüchtigten „Feuchtgebiete" der
Sexualität …

Herr und Frau Schaf

Ein wunderbarer Frühlingstag. Ich wandere mit meinem Nachbarn durch die Felder, die unser Dorf umgeben. Nach einiger Zeit erreichen wir eine Schafweide. Die Herde überragt der Hammel, also der „Herr" oder das „Vater Schaf". Die herausragende Haltung von „Herrn Schaf" bzw. „Vater Schaf" kommt daher, dass er auf dem Rücken eines Mutterschafes sogenannte Ehestandsbewegungen vollführt. Und das, obwohl Schafe erfahrungsgemäß unverheiratet sind, also in „wilder Ehe" zusammenleben und der sogenannten Promiskuosität also dem Partnerwechsel beim Geschlechtsverkehr frönen.

Dieses Schaf-Erlebnis bringt mich dazu, meinem Mitspaziergänger über mein geplantes Buchprojekt „Sex im Dorf" zu erzählen. Der Titel klang für ihn möglicherweise unzüchtig und er fragte etwas ungläubig:

„Wie? Sex im Dorf? Du meinst doch nicht etwa bei uns im Dorf?" fragte mein Wanderpartner leicht verwirrt. Obwohl ich ihn nicht als prüde einschätzte, schien ihm dieser Titel offenbar doch etwas sehr gewagt. An dieser Stelle sei erwähnt, dass mein Mitspazierer vermutlich der Menschen-kategorie „überwiegend normal" angehört. Also vermutlich in folgendes Normmuster zu passen schien: Männlich, verheiratet, drei Kinder, Mittel- Reihenhaus-Besitzer, Mittelklassewagen-Fahrer, Ehefrau-Zweitwagen-Halterin, römisch-katholischer Konfession, häufiger Sonntagskirchgänger, Inhaber eines Vorstandsamtes im örtlichen Sportverein oder ähnlich. Und beruflich in mittlerer Führungsposition eines Großunter-nehmens.

Es gab jedoch einen Punkt des Abweichens von der Norm. Obwohl wir nämlich im Freistaat des Republiksüdens wohnen, ist mein „Herr Normal" nicht Anhänger des rotgewandeten Abonnement-Fußballmeisters aus München. Nein, sein Herz schlägt – obwohl unter dem weiß-und-blauen Himmel geboren – nein, nicht für 1860 München.

Vielmehr an den Gestaden des Rhein-Herne-Kanals in Gelsenkirchen. Klare Sache: weiß-blau - Schalke 04! Nun bekennender Schalke-Fan zu sein, sei kein Makel, meinte er. „Aber Sex bei uns im Dorf – das gibt es nicht!", fügte er im Brustton absoluter Überzeugung hinzu.

An dieser Stelle fragte ich mich insgeheim, woher dann seine drei Kinder kamen …?

Johanna und der Fleischerhaken

Man hört ja so manches, was Liebende auf sich nehmen, wenn sie ihren Trieben nachgehen, um schließlich ins vermeintliche „Zentrum des Glücks" zu gelangen. Wobei unter diesem „Zentrum des Glücks" auch in Johannas Fall der sogenannte Orgasmus, also der Höhepunkt der Lust gemeint ist. Allerdings hier mit positiven Folgen zur Mehrung der Weltbevölkerung. Auch im Dorf Hüttenhofen vollzog sich eine Liebesgeschichte, die zur Steigerung. zumindest jedoch zur Erhaltung der Dorfbewohnerzahl geeignet war.

Johanna war eine stattliche junge Frau. Stattlich umschreibt oft freundlich das leichte Übergewicht eines Menschen – egal, ob männlich oder weiblich. Bei ihr verteilten sich die geschätzten 78 Kilo Körpergewicht auf herausragende 168 Zentimeter Körpergröße. Manche Menschen behaupten auch, dass jemand mit Johannas Maßen für ihr Gewicht nur etwas klein gewachsen sei. Neben ihr war jedenfalls ihr -noch heimlicher-und öffentlich unbekannter -Geliebter mit minus zehn in Gewicht und Höhe eine erheblich leichtere und kleinere Erscheinung. Doch der Reihe nach.

Johanna war ein fröhliches, lustiges Geschöpf. Ganz ihre Mutter, die bei vielen Faschingsbällen und Doftheater-Aufführungen stets in vorderster Front aktiv war. Also ein richtiger Wonnepfropfen, was sie offenbar auch ihrem Töchterlein Johanna vererbt hatte. Johanna war als Fleischerei-Fachverkäuferin die Seele im Verkauf beim Metzger Kätzler im Nachbardorf. Dort war sie beliebt bei der Kundschaft, ja sogar beim meist etwas mürrischen Chef. Vielleicht kam das Mürrischsein daher, dass der Herr Kätzler möglicherweise sein eigentlich friedvolles Gemüt überstrapazieren musste, wenn er die Schlachtschweine per Bolzenschussgerät in das Schweineparadies befördern musste. Noch schlimmer war für ihn wahrscheinlich die Tatsache, dass er ihnen nach dem Todesschuss auch noch ihr

19

Schweineherz nebst den anderen Innereien, ja sogar die weniger gut riechenden Schweinereien herausschneiden musste.

Es war des Metzgermeisters großer Traum, dass auch sein einziger Sohn Alex in die Schweinblut-getränkten Fußstapfen des Vaters treten sollte. Und die Fortsetzung des Vaters Traum war die Hochzeit von Alex mit der Tochter des schwerreichen Bauern Braun (oder sagt man im Genderzeitalter stattdessen Landwirt?), der gleich im übernächsten Haus und natürlich auch Hof von den Kätzlers residierte. Theresia hieß sie und war nicht nur ein dorfgesellschaftliches Schwergewicht. Und diesem Titel machte sie auch körperlich alle Ehre. Hätte es einen Vergleich mit Masttieren ihres Vaters gegeben, dann ...
Na, lassen wir das. Außerdem war Theresia von begrenztem Charme. Man wusste nie, ob dies mit ihrer anerzogenen Arroganz oder bescheidenen intellektuellen Möglichkeiten zu tun hatte.
Jedenfalls erzeugte sie bei Alex weniger den Traum des Metzger-Vaters, sondern als potenzielle Ehefrau heftige Alpträume.

Alex waren die liebevoll-schmachtenden Blicke Johannas nicht entgangen, doch er trug seine Zuneigung für sie schüchtern verschlossen in seinem Herzen. Und der Gedanke, im künftigen Beruf Schweineschlächter zu sein, war ihm nicht minder ungenehm wie die Ehe mit der derben Bauerntochter. In Sachen Annäherung an Johanna brachte der junge Mann höchstens ein paar lächelbefreite, ja fast ernsthafte Blicke zustande. Ach, wie gerne hätte er doch ihre Hände und durchaus auch andere Körperstellen gedrückt.
Doch wagte er es nicht, die Schwelle seiner Zurückhaltung zu überschreiten.

Schließlich schritt Johanna zur Tat: „Heute Nacht komme ich über euer Garagendach zu dir!", raunte sie ihm zwischen Fleischsalat und Weißwürsten zu. Sein Herz schien vor Freude zu explodieren. Er konnte bei dieser Botschaft sein Gesicht vor lauter Erwartungsfreude nicht aufleuchten lassen. Sondern er quittierte Johannes Versprechen mit einem neutral-dezenten kurzen Kopfnicken, da sein Vater im Nebenraum Hackfleisch zubereitete.

Nun geschah etwas, das man in Bayern und Österreich auch „Fensterln" nennt, das heißt, dass der Mann ins Zimmerfenster der Angebeteten steigt.. In anderen Teilen Deutschlands gibt es dafür noch andere Bezeichnungen: so spricht man im Rheinland vom „ ans Lehmloch gehen", wobei in der Kölner Bucht vom „Schlutgehen" die Rede ist. Und in Friesland beschreibt „korteln" das entsprechende Handeln. Im Falle unserer beiden Hauptakteure waren zwei erhebliche Unterschiede auszumachen. Erstens stieg hier die Frau zum Mann und zweitens hätte man die Disziplin im Falle von Johanna und Alex durchaus „Hakeln" statt Fensterln, also genauer gesagt „Fleischerhakeln" bezeichnen können.

Die Sonne versank am Horizont von Hüttenhofen und niemand sah Johanna, wie sie an Hauswänden entlang zu Kätzlers Wohnhaus schlich. Sie wusste, das der kleine Mauervorsprung an der Garage zu niedrig für sie war, um mit den Händen das Garagendach zu erreichen. Also hatte Sie als Steighilfe einen cirka 40 cm langen Fleischerhaken mitge-

bracht, an dem nachmittags wohl noch ein halbes Schwein gehangen hatte. Geschickt schwang sie den Haken nach oben, bis er im Blechrand der Garage festsaß. Nur mit Muskelkraft und einer enormen Kraftantrengung zog sich das Mädchen nach oben, um sich schließlich auf das Dach zu ziehen.
Eine wahrhaft sportliche Leistung! Dafür winkte zwar keine Medaillie, aber dafür höchste körperliche Wonnen.

Alex wartete schon ungeduldig hinter dem Vorhang seines Zimmers, bis er Johanna schwer schnaufend über das Garagendach schleichen sah. Die Erregung der beiden ist schwer zu beschreiben, als sie sich in die Arme fielen. Während sie die Körper in sämtlichen Vertiefungen und Ausbeulungen aneinanderdrückten, suchten ihre Zungen gierig des jeweils anderen Mund. Das Nachfolgende überlassen wir den beiden Liebenden und der Fantasie des Lesers.

Ach ja! Er hieß Manfred. Der Sohn von Johanna und Alex, der exakt acht Monate und 14 Tage nach der Fleischerhaken-Besteigung der Kätzler-Garage geboren wurde.

Kommt Zeit – kommt Rat, heißt ein Sprichwort. In Fällen wie bei Johanna und Alex wird noch „Kommt Kind, kommt Heirat" dazugefügt. Und drei Tage nach der Geburt wurde noch schnell geheiratet.

Zunächst nur standesamtlich, weil das junge Ehepaar nicht mit einem ledigen Kind daherkommen wollte ….

Geschmiedetes Gedicht

Klaus, 56 Jahre, Junggeselle, von Beruf
Schmied. Seine Hände sprachen eine
deutliche Sprache: grob und schwielig
erzählten sie von schwerer Arbeit. Einfach
und schlicht war auch seine Sprache: wenige
Worte, ruhig, fast ein bisschen unbeholfen.
Gegenüber fremden Menschen ist er äußerst
verschlossen, ja fast kontaktscheu. Sogar bei
Freunden und Bekannten wirkt er reserviert
und sehr zurückhaltend.

Wir sahen uns öfter im Dorf, jedoch außer
einem Gruß per Kopfnicken fand keine
weitere Kommunikation statt. Manchmal
treffen wir uns in der Sportplatz—Gaststätte.
Nach einem kurzen „Servus" verläuft die
Unterhaltung meist einsilbig. Neulich jedoch
gab er einen ungewohnten Wortschwall, ja
fast vergleichbar mit den Niagara Wasser-
fällen von sich. Hatte er bereits zu viel
getrunken? Oder wollte er sich zu dieser
Sache einfach Luft verschaffen?

„Weißt du, meine Nachbarin, die Martha. Sie ist schon ein tolles Weib. Die wäre genau das Richtige für mich." Dann wieder tiefes Schweigen. Besagte Verehrte hatte auch schon das Gröbste in Sachen Lebensjahre hinter sich.. Ich schätzte sie auf Ende 60 bis Anfang 70, stets gut gekleidet und gepflegt. Ihr Mann war schon vor längerer Zeit gestorben, und sie war seither ohne Partner, soweit bekannt. Manchmal hörte man, dass sie einen Sohn hätte, der irgendwo im Ausland lebte. Auf Besuch bei seiner Mutter habe ich ihn jedenfalls nie gesehen.

Klaus schob er mir kurz vor dem nach Hausegehen einen Zettel über den Tisch, sorgfältig gefaltet von DIN A 4 auf DIN A 6. „Aber niemand zeigen!", sagte er leise, jedoch fast in einer Art Kommandoton. „Und erst später lesen!", legte er fast flüsternd nach. Dann zahlte er und verschwand, als ob er nie dagewesen wäre. Nun, Sie wissen, wie das ist mit dem Verbotenen.

Natürlich schlug ich das Papier sofort auf, als Klaus außer Sichtweite war.

Oh, nein, dachte ich beim Überfliegen der Zeilen, immer noch in Sorge, er würde vielleicht unerwartet zurückkommen. Beim zweiten Lesedurchgang war ich echt in Zweifel, ob der schweigsame Schmied Klaus tatsächlich zu einem derart zartfühlenden Text in der Lage sein konnte. Ich mochte es nicht glauben, ja mir stockte fast der Atem, als ich dieses Gedicht voller Zartheit las. Hatte er diese Worte wirklich selbst verfasst? Doch wo sollte er derart treffliche Reime denn abschreiben? Es entsprang offenbar aus einer tiefen Verehrung, vielleicht sogar Liebe und sicher auch sexuellem Verlangen für seine Nachbarin Martha.

Dieser grobschlächtige Mann zeigte darin eine nicht für möglich gehaltene Gefühlsbewegung. Da las ich in einer leicht krakeligen, scheinbar auch etwas unbeholfenen; doch gut leserlichen Handschrift seine „geschmiedeten" Zeilen. Mir kam dabei ein alter Spruch in den Sinn, der angeblich Indianern zugeschrieben wird:

„Beurteile niemand, wenn du nicht zwei Wochen in seinen Schuhen gegangen bist".

Da war nun zu lesen:

Die Nachbarin

Er mag weder Männer mit zarter Neigung

Noch den Mönch oder den Dressman cool

noch mag er Ärztinnen und keinen adligen Prunk

auch nicht zur jungen Bäckereifachverkäuferin

zieht's ihn hin.

Mancher schreibt Reime und lange Gedichte

Um sich gegen seine Verliebtheit zu wehren

Und auch um seine Begehrte zu ehren

Vieles erscheint dann in anderem Lichte.

Der Mann erblickt ein Weib von fern

und säh es aus der Nähe gern.

Die Nachbarin nichts ahnt vom geheimen Verehrer

Schüchtern ist er, wie ein Religionslehrer .

Es drückt in fast nieder

Diese erotischen Strahlen

Er leidet still schweigend heftige Qualen

Die Neigung zu ihr kehrt immer wieder.

Vielleicht muss er am Ende passen

Muss von der Verehrten gänzlich lassen

Und schließlich die triste Moral der Geschicht'

Die Hoffnung bleibt ihm, wenn auch schlicht.

Vor der Hochzeitsnacht

Schaut man in manche Familienalben findet sich unter der Überschrift „Mein schönster Tag" oft Fotos von Hochzeiten. In früheren Jahren die Braut, weiß gewandet. In unserem Fall Carina - von Beruf Friseuse – nicht in Blütenweiß mit einem Hauch von Schleier auf dem Kopf. . Gut, man kann akzeptieren, dass die Braut in knalliges Zitronengeld gehüllt war. Ihr Designer-Hütchen hätte auch zu den adligen Gästen beim englischen Ascot-Pferderennen gepasst. Oder genauso gut zum französischen Geldadel , der sich bei Paris auf der Longchamps-Rennbahn zwischen feurigen Araberpferden und kindhaften Jockeys mit Champagner zuprostete.

Und Roman, der Herr Bräutigam? Im Alltag verkaufte er Versicherungen. Keine Spur von Tiefschwarz oder steinkohlengleiches Anthrazit mit Krawatte oder Fliege – wie in der sogenannten „Guten, alten Zeit" obligatorisch. Doch er!? War das nicht ein großblumiges Hawaii-Hemd das Urlauber am Strand von Rimini oder Waikiki tragen.

Dazu pinkfarbige Bermuda-Shorts und die
Halbwelt-Goldkette mit Tigerzahn anstatt
Krawatte oder Fliege - meine Großeltern
wären vermutlich in Ohnmacht gefallen.
Doch wenn es dem künftigen Lebensglück
dient.

Nun hat sich mit den Jahren kleidungsmäßig
einiges getan.

Brautpaare in Blue
Jeans und sogar
mit T-Shirts
posieren heute vor
der Kamera der
Hochzeits-Foto-
grafen. Überhaupt
ist schwarz-weiß
inzwischen häufi-
ger auf Schach-
brettern anzutreffen, als vor Standesämtern.
Es ist bunter geworden! Dafür sind viele Ehen
von kürzerer Dauer als zu Oma- und Opa-
Zeiten. Nicht verändert hat sich das Strahlen.
Nein, nicht das der Eheringe oder das von
Atomkraftwerken.. Sondern das Strahlen der
Hochzeiter und der umstehenden Trau-

zeugen, Eltern, Schwiegereltern und wem sonst noch alles auf den Hochzeitsfotos. Auch unsere Dorfhochzeit war voll von Strahlen. Und nachdem Carina und Roman das Spa-lier aus seinen Fußball-Kameraden und ihren Aerobic-Damen durchschritten hatten und im anschließenden Regen aus Blütenblättern und Reiskörnern fast ertrunken wären, erreichte das Brautpaar doch noch unversehrt den Parkplatz an der kleinen Rokoko-Kirche. Eine wie dunkle Speckschwarte glänzende Edel-karosse mit einem noch schwärzeren Chauff-eur im weißem Anzug standen bereit. Er öffnete mit seriösem Gesichtsausdruck die Auto-türen. Schließlich ging es mit dem obliga-torischen Hupkonzert und scheppernden Blechdosen, die am Ende der Limousine über den Teerbelag der Straße kratzten, in Richtung Hochzeits-Restaurant.

Dessen Fassade schmückten bunte Blumen-girlanden, in deren Mitte ein Schild mit der Aufschrift „Herzlich willkommen" die Frisch-vermählten und den Gästeanhang empfing. Launig und guter Stimmung nahm die Ge-sellschaft den Festsaal in Besitz. Nach dem

Empfang mit Cocktails in gelb, grün und sogar lila (Schluck!) wurden die Tische gemäß der Platzkarten-Beschriftung eingenommen. Natürlich folgten Ansprachen von Roman, dessen Vater und schließlich von Carinas Vater. Dazwischen Bravo- und Hochrufe begleitet vom Rotwein, der mit der Vorspeise serviert wurde. Die Menüfolge für ein leichtes französisches Sommermenü wurde von der Brautmutter zusammengestellt. Getuschele meiner Tischnachbarn: „Die hat doch keine Ahnung von gutem Essen und kann ja überhaupt nicht kochen …! Doch das erledigte ja heute der Chefkoch mit seiner Mannschaft.

Die Brautmutter erklärte vornehm, dass es als Vorspeise eine „Ziegenkäse-Blätterteig-Tasche" gäbe. Und fügte weltmännisch – oder heißt das jetzt ‚weltfrauisch – als Erklärung für ihre dörflichen Nachbarn das französische „Amuse-Gueule" hinzu. Also Appetithäppchen. Die deutsche Übersetzung hatte sie während der Predigt des Hochzeits-Gottesdienstes in Ihrem Smartphone nachgelesen. Das Hauptgericht „Kalbskarree in der Salzkruste mit Oliven-Rotwein Sauce an jungem Gemüse" wurde nicht nur in der Sauce vom Rotwein begleitet. Auch Carina und Roman prosteten den Gästen und diese dem Hochzeitspaar mit viel Bordeaux-Rotwein zu. Vegetariern, die an einer Hand abzuzählen waren, wurde „Pochierter Kabeljau mit Glasnudelsalat" mit einem leichten Chablis-Weißwein gereicht. Der Weißwein hielt die vegetarischen Gäste jedoch nicht davon ab, an der Prost-Ruf-Aktion der Rotwein-Trinker mitzuwirken. So erreichte die Stimmung und auch der Alkohol-Pegel so langsam Spitzenwerte.

Ein paar Hochzeitsgäste, die sich absolut nicht zur Gruppe der Gourmets, also Feinschmecker zählten, hatten sich ins Nebenzimmer zu Bier und Wurstsalat zurückgezogen. Fast zeitgleich mit dem Nachtisch – „Feiner Obstsalat an Calvados-Sahne" - begann die Hochzeitskapelle „Sonfuerte"mit ihrem musikalischen Unterhaltungsprogramm. Dies sollte ab sofort nur noch Gespräche mit Brülleinsatz ermöglichen. Laut, laut und überlaut schien ihre Devise.

Besonders eigenartig waren die französischen Romatiklieder, die durch die Musiker mit einem Hauch von einheimischem Vorstadt-Dialekt „verfeinert" vorgetragen wurden. Dazu übernahm auch die Brautmutter als internationale Speisen-Expertin wieder das Kommando.. Die Anfrage der Bedienung nach Kaffee oder Espresso beantwortete sie mit einem leicht weintrunkenem Italienisch „Duo Egschbresso madschiado für mich und meinen Mann". In Ihrem Volkshochschulkurs „Italienisch für Anfänger" hätte sie mit dieser Formulierung ihre Lehrerin vermutlich zum innerlich Weinen gebracht.

Hochzeiten – vor allem in Bayern und Öster-reich – werden meist von einem alten Brauch begleitet: dem sogenannten Brautstehlen. Bei dieser Hochzeit „entführten" Carinas Bruder und Romans Cousin die Braut. Die Wartezeit in der Kellerbar des Restaurants wurde fast schon unerträglich, obwohl die Entführer und Carina mit reichlich Cognac und Whiskey etwas Trost fanden. Doch der Bräutigam kam und kam nicht. „Vielleicht ist er ja im Hoch-zeitszimmer im 1. Stock?", meinte Carina.

Das Zimmer war sicherheitshalber von Romans Vater gebucht worden, da er bereits einschlägige Alkohol-Exzess-Erfahrung von anderen Hochzeiten in seiner Familie hatte. Und schon stürzten und stolperten die Braut mit den Entführern im Schlepptau nach oben.

Doch was war das? In der Zwischenetage hörte man aus dem Zimmer mit dem Schildchen „Nur für Personal" eigenartige Geräusche. Der Suchtrupp hielt schlagartig inne und lauschte den fremden Klängen, Diese waren eine Mischung aus schwerem Schnaufen, mäuseartigem Piepsen und einer Art Grunzen, wie es im Schweinestall von Romans Vater immer zu hören war. Langsam näherten sich die drei Suchenden der „Nur für Personal"-Zimmertür und der mutige Bruder Carinas ergriff die Türklinke. Vorsichtig schaute er in den Türspalt, um gleich darauf mit einem schreckverzerrten Gesicht und einem lauten „Oh nein!" zurückzuweichen. Was war geschehen?

Carina riss von Neugier überwältigt die Tür auf. Die Szenerie im „Nur für Personal"-

Zimmer war ungeheuerlich, ja schockierend. Roman stand aufrecht, mit dem Rücken zur Tür. Seine pinkfarbenen Beruda-Shorts lagen wie Fesselketten um seine Fußgelenke am Boden. Das Hawaii-Hemd bedeckte schenkbar züchtig sein halbes Gesäß. Dieses wippte in kleinen, ruckartigen Bewegungen vor- und rückwarts, wobei sich seine Schultern immer in die Gegenrichtung seines Allerwertesten bewegte. Stoßwellen waren jedoch nicht zu spüren. Hätte er als Kopfbedeckung eine jüdische Kipa getragen, hätte man fast glauben können, dass er eine Tefillah, also ein jüdisches Gebet praktizierte. Doch dass dies nicht der Fall war, zeigten die beiden weiblichen Unterschenkel, die seine Oberschenkel umschlangen. Das „weiblich" konnte jedoch nur dadurch gedeutet werden, weil die Füße in zwar niedrigen, doch unzweideutig in Stockelschuhen – natürlich in solchen für Damen steckten. Von der Dame selbst war aufgrund von Romans Davorstehen nichts zu sehen.

Einen kurzen Moment schien die Welt für alle Beteiligten absolut stillzustehen.

Carina durchbrach die Stille: mit einem Schwall von Schimpfworten, deren Unflätigkeitsniveau man ihr niemals zugetraut hätte. Sie stürzte sich auf Roman und schlug mit ihrem Krokodilleder-Imitat-Täschchen auf ihn ein, dass er scheinbar in Lebensgefahr schien. Die Begleiter versuchten sie zurückzureißen, wobei sich im Rückendekolletee ein tiefer Einrisschlitz auftat. Außerdem zerriss die Halskette mit den japanischen weißen und grauen Miyuki Perlen, die einzeln auf den Boden kullerten oder die Hoteltreppe hinunterhopsten. Roman hielt seinen Kopf tief nach unten gesenkt. Man konnte jedoch nicht ausmachen, ob dies aus Scham oder wegen Carinas Taschenattacken geschah.

Ich glaube, dass der berühmte deutsche Sportler, der in einer ähnlich peinlichen Situation mit einer Hotel-Wäschekammer-Bediensteten eines Hotels überrascht wurde, kein vergleichbares Überraschungsschauspiel anbieten konnte wie das von Carina und Roman, ihres Bruders bzw. seines Cousins.

Ob Romans beglücktes Zimmermädchen auch schwanger wurde, wie das seinerzeit dieses vom Sportstar-Sperma durchdrungenen, wurde nicht mehr bekannt. Denn die Hochzeitsgesellschaft löste sich unmittelbar von Minuten nach der Brautenführung und der Bräutigam-Entdeckung unter gegenseitigen Beschimpfung der beiden Clans schlagartig auf. Meines Wissens war „Das Tischtuch zerschnitten", wie es in einer Redensart im Alten Testament heißt. Soviel man später hörte, hatten Braut- und Bräutigam ihre Nachbardörfer nach diesem Vorfall verlassen. Obwohl es ja bei uns keine Blutrache mehr gibt, wie zum Beispiel in Albanien oder Sizilien.

Jedenfalls wird die Ehe von Carina und Roman vermutlich eine der kürzesten in der weltweiten Geschichte von Heiraten gewesen sein

Karli

Er ist ein großer Fußballstar. Nicht der größte,
jedoch mit ein Meter sechsundneunzig
vermutlich einer der Größten in der Körper-
längen-Champions-League. Fußballerisch
bewegt sich Karli dann eben doch nur in der
Bezirksliga A der hiesigen Region. Gäbe es
eine Formel „Länge mal Dürre" würde Karli
ebenso einen Spitzenplatz einnehmen. Denn
er ist - freundlich gesagt - mehr als schlank. Ja,
manchmal bei starkem Wind könnte man
Angst um seine Bodenhaftung bekommen
und ihn gemeinsam mit Wilhelm Buschs
„Fliegendem Robert" in die Wolken abheben
sehen. Seine Oberschenkel gleichen eher
denen eines Storches und sind kaum so dick
wie manche Männerwaden. Dennoch schlägt
er die schönsten Eckbälle oder schießt kerzen-
gerade Freistöße auf des Gegners Tor.
„Hebelwirkung" pflegte mein Physiklehrer
stets zu sagen, wenn zwergenartige Männlein
mit Hilfe eines langen Balkens schwere Säcke
oder Steine heben konnten. Und genau diese
Hebelwirkung verlieh Karli und seinen
Spinnenbeinen die enorme Schusskraft.

Sein Bewegungsablauf passte irgendwie zu
seiner Gestalt. Ja, sie war staksig, ungelenkig.
Und man wunderte sich schon, wie er die
fußballerische Mindestgeschwindigkeit auf
den Rasen brachte.

In mindestens zwei weiteren Disziplinen
nahm Karli einen Spitzenplatz ein. Nämlich
im Dialektsprechen und in der Sprachlang-
samkeit. Bei Dialekt will ich mich garnicht
lange aufhalten. Schließlich verstehen Bayern
keine Friesen und Sachsen keine Rheinländer.
Es wäre wahrscheinlich bei näherer Dialekt-
behandlung ein Buch im Bibel- oder Duden-
umfang erforderlich. Oder ein Smartphone-
Lexikon würde vor Akuuschwäche seinen
Geist aufgeben. Doch das hat ja mit dem
Thema „Sex im Dorf" sehr wenig zu tun.
Sprachgeschwindigkeit kann man gut bei vor
allem jungen – Telefonverkäufern oder Radio-
reportern hören. Wobei diese beiden „Sprach-
produkte" ja eher unwichtig für ein glück-
liches Leben sind. Würde man Karlis Sprach"-
geschwindigkeit" auf einer Skala von eins bis
zehn messen, käme er – wenn „1" schnecken-
langsam und „10" superschnell wie bei

Medikamenten-Nebenwirkungs-Ansagern"
wäre - maximal auf „2".

Eine dritte Karli-Disziplin mit Spitzen-
wertung wäre „Bier", genauer „Biertrinken":
Oder in seinem Fall vielleicht „Biersziplin"
genannt. Und doch war es erstaunlich, dass
sich bei ihm kein sogenannter. Biermuskel,
sprich Bauch entwickelte. Nun könnte man
glauben, dass Karl mit all seinen besonderen
Äußerlichkeiten und Eigenschaften beim
weiblichen Geschlecht einen Abstiegsplatz
belegen würde.
Im Gegenteil! Er galt nicht nur bei seinen
Fußballkollegen, sondern auch in den restlichen Lebensbereichen als ausgesprochener
„Womanizer" (Neudeutsch für das gute, alte
„Weiberheld). Warum auch immer!? Dabei
zählt eine Geschichte Karlis als eine der
Unterhaltungs- Höhepunkte, zumindest.
unter seinen Fußballkameraden. Für Externe
vermutlich weniger, da sie die ultralangsame
Dialektversion ja nicht nicht hören und Karlis
Mimik dazu nicht genießen können. Das ist
dann ungefähr so, als ob man den Beatles-
Kracher „ I wanna hold your hand" oder die

Stones-Hymne „Satisfaction" ohne Text nur als Melodieversion hören könnte. Daher beschränke ich mich bei diesem Erlebnisbericht nur auf die Fakten:

Karlis Mannschaft reiste zu einem Auswärtsspiel. Der Omnibus fuhr in den fast äußersten Winkel des Bundeslandes in ein Dorf, in dem sich nicht einmal Fuchs und Hase gute Nacht sagten. Es schien so weit vom Schuss, dass es dort möglicherweise weder Fuchs noch Hasen gab. Die Rückfahrt war aufgrund der langen Fahrtstrecke erst am nächsten Tag geplant. Die Übernachtung war im besten und gleichzeitig einzigen Wirtshaus am Ort geplant. Das beste Haus hatte auch schon seine besten Tage in der Vergangenheit. Doch egal: Karlis Mannschaft hatte gegen die vierschrötigen, körnergefütterten Jungmänner vom Lande einen überzeugenden Sieg gelandet. Genug Grund, dass sich Karli und seine Mitspieler mit überwiegend flüssiger Nahrung wieder auf Vordermann brachten.

Karli hatte vom ersten Augenblick ein Auge auf die Bedienung geworfen. Ein unzartes, eher grobschlächtiges Geschöpf, aus deren voluminösen Körper vermutlich zwei Karlis hätten geschnitzt werden können. Mit jedem getrunkenen Bier wurden die Blicke der beiden feuriger und das triebhafte Verlangen steigerte sich mit dem Promillepegel. Als sich die meisten Fußballer der Karli-Elf schon in ihre Zimmer verdrückt hatten, wartete Karli noch geduldig, bis seine „Dorf-Helena" – die jedoch etwas unromantisch Genoveva hieß, im Dorfjargon nur „Veev" genannt - ihre Abrechnung gemacht hatte. Zwischendurch trafen sich beider Augenpaare und nicht nur ein Psychologe oder Sexforscher hätte daraus die wahrscheinlichen Wunschgedanken der beiden herauslesen können

Schließlich stapften Karli und Veev die knarrenden Treppen zu ihrer Dachkammer hinauf. Er schweigsam, mit den Händen das mächtigen Hinterteil bekrapschend und nach oben schiebend. Sie lustvoll gackernd, als Karlis tiefe Griffe von Genovevas Sitzfleisch Besitz nahmen. Wie er später erzählte, war der Eintritt ins Bedienungszimmer und beider

Ausziehen eine einzige Bewegung, die irgendwie im mächtigen Bauernbett der inzwischen lustvoll Schnaubenden, von seinem wolllüstigen Grunzen begleitetet endete. Über weitere Details schweigt des Sängers Höflichkeit. Bis auf eines!

Das erzählte Karli immer wieder bei allen möglichen und unmöglichen Anlässen im Sportheim oder im heimischen Dorfwirtshaus. Doch glauben Sie ja nicht, dass er die folgenden eleganten Formulierungen gebrauchr hätte. Und auch sie drückte sich in besagter erheblich volkstümlicher aus. Das war jedoch Karli in diesen Momenten auf dem Weg zur höchsten Glückseligkeit überhaupt nicht mehr wichtig! Sie hätte vielleicht sogar von „Fliegenden Untertassen" oder „Geistererscheinungen" erzählen" können; es wäre ihm in diesen Augenblick vermutlich völlig egal gewesen. „Und als ich gerade die Veev in voller Bearbeitung hatte, fragte sie mich völlig unschuldig …!", erzählte er. „Du, Karli, macht es dir etwas aus ‚wenn ich meine Blähung herauslasse …?"

„Ich war in dieser Situation nur noch zu einem knappen ‚ja' fähig. Und schon war ein dumpfer, tiefer Ton zu hören. Ähnlich einem brüllenden Grizzlybären, der in eine Schlagfalle getreten war. Begleitet von einer Art heftigem Windstoß, der meine Männlichkeit wie Kirchenglocken zum Schwingen brachte!"

Schon ein etwas unromantisches Ende einer erotischen Begegnung.

Oder was meinen Sie?

Der Grabscher

Hans-Leopold mochte seinen zweiten Vornamen nicht. Denn dieser hatte ihn nämlich bei seinen Freunden zum „Poldi" gemacht. Eine beliebte Abkürzung des Namens Leopold. In Süddeutschland und Österreich allemal! Obwohl Leopold ja ein bedeutendes Wort aus dem Althochdeutschen ist, dessen Übersetzung in unsere Zeit angeblich „der Kühne und Mutige aus dem Volk" heißt. Doch wer versteht denn heute noch Althochdeutsch?

Er war vielleicht nicht schon immer ein Grabscher. Möglicherweise im zarten Knabenalter nicht. Jedenfalls schien Hans-Leopold, alias Poldi, die Grundlagen des Grabschens doch schon früh entwickelt zu haben. Ich glaube auch nicht, dass die Verunglimpfung seines Vornamens der Grund für sein „Greifertum" waren. Sicher wissen irgendwelche Psychologen, Schamanen oder Wunderheiler einen Zusammenhang von Namensverfremdung und weiblichen Brüsten herzustellen.

Doch die Frage ist doch: zu wem soll man wegen einer Diagnose gehen?

Wir waren Schulfreunde seit der ersten Klasse und später auch in der „Höheren Schule". Schon in dieser Zeit fiel Hans-Leopold durch ein erstaunliches Interesse an weiblichen Brüsten auf. In der Mitte der 1960er Jahre kam der Minirock in Mode. Doch den zweiteiligen Bikini gab es schon wesentlich früher. Mit dem Kürzerwerden der Röcke sparten sich die Modemacher auch Stoff bei der Badeklei-dung. Ergebnis: der Bikini „oben ohne" . Hans-Leopold, als regelmäßiger Familienbad-Besucher. Er kam eines Tages nahezu atemlos in den Schulunterricht. „Mensch, das hättet ihr sehen müssen! Ein Mädchen mit dem Oben-ohne-Bikini im Familienbad!", schnaufte er, „die hatte vielleicht ein ‚Geweih'!" Deses Wort „'Geweih" als Umschreibung für Busen, prägte natürlich auf der Stelle unseren weiteren Jugendjargon.

Besonders lustig fand ich und unsere Klassenkameraden jedoch, wenn er von Frauenbrüsten als „Des Sohnes" sprach.

Dabei machte er das große Kreuzzeichen und kam von der Stirn (im Namen des Vaters) zu beiden Brüsten (und des Sohnes) usw. Natürlich ein Brüller für die anderen Jugendlichen.

Als Hans-Leopold wahrscheinlich sein erstes Mal in meinem Beisein Hand an einen Frauenbusen legte, hatte er mir eine tragende, besser schubsende Rolle zugeschrieben. Wir waren auf dem Nachhauseweg von der Schule, als etwa 100 Meter vor uns ein Mädchen auftauchte. Man konnte sehen, dass sie im oberen Körperdrittel nicht gerade unbegütert war. Sogleich instruierte mich Hans-Leopold: „Wenn die ungefähr drei Meter vor uns ist, stößt du mich nach vorne", raunte er geheimnisvoll. Ich wusste als Spätentwickler natürlich nicht, welchen Plan er verfolgte. Gesagt, getan. Ich schubste ihn in Richtung Mäsdchen und er konnte sich nur von einem vermeintlichen Sturz „retten", in dem er sich mit beiden Händen an ihrem Busen festklammerte. Das Mädchen schrie auf, schickte uns noch ein paar verbale Unfreundlichkeiten hinterher, die vermutlich nicht in der Bibel standen und von denen „Vollidioten" noch das freundlichste Wort war - und verschwand.

Hans-Leopold grinste wie ein siegreicher Feldherr oder zumindest, fast so. Oder als ob er ein Stück Torte plus Eisbecher geschenkt bekommen hätte

Woher Hans-Leopold seine „Brustliebe", also die Faszination für die Oberweite von Frauen hatte, wurde nie ergründet. Ein Grund hätte der Umstand sein können - weil seine Eltern ein Milchgeschäft hatten …

Dabei hat die Zusammensetzung einer weiblichen Brust aus anatomischer Sicht nichts Spektakuläres: Bindegewebe, Fett, Drüsen und die feingliedrigen Nervenstränge, Brustwarzen und Warzenvorhof. Also eigentlich unverständlich, warum Poldi von diesen Körperteilen derart eingenommen war.

Jedenfalls ist er damit nicht allein in der Männerwelt. Viele Frauen wissen, dass sie mit ihrem „Geweih" oder den „Des Sohnes" die männliche Aufmerksamkeit erregen. Nicht unbedingt zum Nachteil von Schönheits-Chirurgen.

In seinem späteren Berufsleben war Hans-Leopold erfolgreich in einer großen Werbeagentur der sogenannte. „Creative Director". Diese Branche beschäftigt überwiegend weibliche Mitarbeiter. So auch Hans-Leopolds Firma. Natürlich ein Eldorado für Poldi! Die meisten der jungen Damen waren überwiegend gutaussehend und stets elegant gekleidet. Das gefiel dem auf Äußerlichkeiten Wert legenden Poldi. Dann konnte er immer mal wieder eine kleinen Streichelberührung über Rücken oder über den Popo landen.. Auf ein versehentliches Drücken des Busens bei der Betrachtung eines Grafikentwurfes wurde natürlich sofort von einem „Oh, Verzeihung!" mit Unschuldsmiene angeboten. Sommerkleider ermöglichten ihm selbstredend einen tiefen Einblick auf die „inneren

Werte" der Kolleginnen. So gewährten ihm
die tiefausgeschnittenen Decolletés eine
Taxierung der darunterliegenden, normaler-
weise verborgenen „Schätze". Dies gehörte
dann auch zu seinem beliebten Augen-
Jagdrevier. Doch die meisten seiner Kolleginnen waren äußerst schlank, also weit entfernt von Rubens-Frauen oder dem
orientalischen Schönheitsideal, die beide auch
zu Hans-Leopolds Geschmack gehörten.
Waren sie nicht rund an den richtigen Stellen,
wurden viele mit Poldis neuester Wortschöp-
fung betitelt: „BMW" – aber nicht das Auto.
sondern „Brett mit Warzen" bedacht.

Eines Tages unterhielten wir uns im Casino
seiner Werbeagentur unter vier Augen. Ich
sprach ihn auf seine Brust-Lust, also seiner
besonderen Beziehung zu weiblichem Busen
an. Dazu meinte er wie ein Unschuldslamm
und gleichzeitig entmachtend: „Weißt du. Ich
habe früher bei den Frauen ja meist nicht auf
den Busen, sondern nur auf deren Herz
geschaut …".
Na, das war ja mal etwas ganz Neues für
mich und er fuhr fort– fast wie um Verzeihung bittend.

Was kann ich denn dafür, dass da immer ihre Brüste davor sind ….",

Bis zu bei unserem nächsten Treffen im plüschigen Café Blank, eines meiner Lieblings-Kaffeehäuser, war fast ein Jahr vergangen. Poldi, wie immer wie aus dem Ei gepellt, sah aus wie ein männliches Mannequin, das eben vom Catwalk, also frisch vom Modelaufsteg gekommen war. Auf seine „Busenliebe" angesprochen, gestand er mit ernstem Gesichtsausdruck. Nach einem tiefen Schluck Espresso, denn er fast mit einem folgenden Viertelliter Pellegrino-Mineralwasser nachspülte, begann er überlegen, fast arrogant: „Also ehrlich gesagt: in letzter Zeit interessieren mich Busen überhaupt nicht mehr!".

Wie bitte? Was sagt er da? War er von einer seiner Brustfrauen verprügelt worden?

Oder war er in eine Sekte übergetreten? Vielleicht hatte er sich gar auf eine psychiatrische Behandlung eingelassen …?

„Ja, es sind weniger die Brüste der Frauen! „",
gefolgt von einer langen Pause, des schein-
baren Überlegens oder der Sammlung von
passenden Worten für die zu erwartende
bedeutsame Aussage. Diese musste scheinbar
das Gewicht einer Bischofspredigt oder der
Regierungserklärung eines Kanzlers haben:
„Sondern vielmehr der Blick auf Frauen-
hände, genauer auf ihre Finger!" Er sagte
nicht mehr „faszinieren" oder „erregen"
Entweder fielen ihm gerade diese Worte nicht
ein (eher unwahrscheinlich) oder er war doch
irgendwie geläutert, ja geheilt. Ich war wie
vom Blitz getroffen und stammelte: „Wie
bitte? Die Finger?". Mein Erstaunen war fast
grenzenlos und ich fürchtete, dass er zu
einem Gliedmaßen-Fetischisten geworden
war.

Doch Poldi brachte unschuldig blickend
folgende Erklärung zum Ausdruck:

„Ja, weil an den Finger steckt nämlich ein
oder kein Ehering! Das heißt im Falle ‚kein
Ring': hier ist möglicherweise noch was zu
holen ....!"

Eleonore und die Visitation

Spricht man im Volksmund von Einkehr, denken viele an den Wiederaufbau des Kalorienhaushalts bei einem Besuch im Gasthaus oder Biergarten. Auch Döner-Stände oder ein Schnellimbiss mit dem „Goldenen M" – also an ein „amerikanisches Gourmet-Restaurant für Zahnlose" sind für Hungerschwund geeignet.. In Letzterem sind die Mahlzeiten so wenig nachhaltig, dass man sie fast ohne Kauen schlucken kann.

Visitation im religiösen Sinn ist jedoch Einkehr mit geistlichen Übungen, die abseits des alltäglichen Lebens zu einer intensiven Besinnung und Begegnung mit Gott führen sollen. Manchmal begibt sich die Mutter Kirche eben auch zu ihren Schäflein. Einige nennen das Seelsorge, weltlicher orientierte Menschen auch Marktforschung bzw. Verkaufsförderung. Die Visitation fand im Nebenzimmer der Dorfwirtschaft statt. Denn schließlich ist die Atmosphäre bei diesen Veranstaltungen dort entspannter als bei einer würdevoll-ernsten Stimmung im Kirchenraum des schnuckeligen Rokokokirchleins.

Aus der Hauptstadt des Bistums war eigens ein sprachgewandter Seelsorger angereist, der durch seinen weißgrauen Rauschebart und seine schlichte braune Baumwollkutte die väterlich-gelehrte Atmosphäre der Glaub-würdigkeit widerspiegelte. Er stellte sich als Pater Benedikt und Visitationsbegleiter vor. Aus der Gaststube der Dorfwirtschaft duftete ziemlich weltlich kalter Zigarettenrauch und es klangen die Schankgeräusche in das Neben-zimmer. So entstand quasi eine Art weihevolle Verbindung zwischen Weltlichkeit und Reli-gion und unterstrich damit die Ernsthaftigkeit der Veranstaltung.

Auch meine damalige Freundin gehörte zu der trauten Visitationsrunde, um vermutlich neue spirituelle Denkansätze zu finden. Auf jeden Fall erfuhr ich durch sie eine relativ objektive, ehrliche Erlebnisschilderung.

Konkurrenz zu religiösen Aspekten gab es zu dieser Zeit eine Menge: Hippie-Bewegung , Freie Liebe gepaart mit sexueller Befreiung. Mit Leitfiguren wie Rainer Langhans und Uschi Obermaier von der Kommunie 1, die sich ungeniert pudelnackt in auflagenstarken Zeitungen abbilden ließen.

Nach einer Form der betenden Meditation über Bibeltexten eröffnete Pater Benedikt die Fragestunde.. 12 gestandene Dorffrauen schwiegen sich zunächst und den bärtigen Visitationbegleiter an. Die Dauer der Schweigeeinlage wurde nicht gemessen; sie schien jedoch mindestens zwei Ewigkeiten gedauert zu haben. Endlich durchbrach Eleonore die fast schmerzhafte Stille. Sie bewirtschaftete mit Alfons, ihrem Ehemann einen kleinen Bauernhof. Eine vielköpfige Schafherde war ihr großer Stolz und bescherte ihnen auch ein gutes Auskommen. Die beiden waren im Dorf beliebt, weil sie stets freundlich und immer hilfsbereit waren. Sie galten als ordentliche Mitglieder der orfgemeinschaft. Der Himmel – und natürlich auch die körperliche Hingabe - hatten sie mit sechs

Kinderlein gesegnet, die wie Orgelpfeifen zwischen zwei und 12 Jahre alt waren. Sowohl für Eleonore als auch ihrem Alfons war der 50. Geburtstag nicht allzu fern.

Und an diesem Visitationsabend holte Eleonore schließlich zu einem verbalen Schlag aus, von dem sich die anderen Damen wohl lange nicht erholten.

„Darf man eigentlich den Mann zu sich kommen lassen, auch wenn man kein Kind dabei haben möchte?", fragte Eleonore sehr leise und schüchtern. Diese Frage kam fast einem sozialen Atomschlag in der Dorfdamen-Runde gleich. Man konnte die unausgesprochenen Gedanken fast hören: Ja, was fällt denn der ein? So schamlos gegen das 6. Gebot zu verstoßen? Der Herrgott wird sie für eine solche wolllüstige Frage bestrafen1

Für manche galt wohl schon allein der Gedanke als sündhaft, aber diesen auszusprechen und dazu noch weit über die vier- bis sechsäugige, dörfliche Tratschrunde hinaus! Das ließ wohl manche der Anwesenden nicht nur die Spucke trocknen. Auch wer in diesem Kreis kein Schweigegelübde abgelegt hatte, fand nach dieser Frage keine Worte mehr.

Eleonore schien zu spüren, wie einige Mit-Visitations-Teilnehmerinnen zumindest gedanklich von ihr wegrückten. Um durch eine Rechtfertigung nicht noch mehr Öl in die Flammen zu gießen, blieb ihr nichts anderes übrig, als ihren Blick verschämt zu senken und so ihr Schuldbewusstsein zu zeigen. Ihre sonst blassen Wangen durchströmte wohl eine Extraportion Blut, denn ihr Gesicht würde tomatenrot.

Der Visitationleiter war natürlich für Konfliktsituationen ausgebildet. Doch Sexualität stellte auch für ihn eine Art gefährliches Minenfeld dar, in dem er sich nicht intensiv tummeln wollte. Also flüchtete er sich in den Beistand von oben, in dem er sinngemäß zu verstehen gab: der Herr würde es schon recht machen. Welchen Herrn er dabei meinte, wurde an diesem Abend nicht geklärt. Ebenso nicht, wie Eleonore mit ihrer Last weiterlebte.

Auf jeden Fall bekamen sie und ihr Alfons keinen weiteren Nachwuchs …

„Schiergar wolllüstig!"
Beinahe wolllüstig

Zum besseren Verständnis dieser Geschichte
sollten Sie sich in Ihrer Fantasie etwa 100 Jahre zurückversetzen? In eine Zeit, in der Opa
und Oma oder Uropa und Uroma junge Leute
waren. In einer Zeit, in der Sexualität eine
schlimme Sünde war. Vornehm ausgedrückt
hätte man wohl damals und manchmal sogar
heute „von sexueller Begierde erfüllt" gesagt.
Das Wort „geil" war seinerzeit nicht als
geschlechtsneutral, um wie heute alle möglichen schönen oder tollen Dinge zu beschreiben. Auch in der Umgangssprache hat sich da
ein bisschen etwas getan. Statt wolllüstig ist
heute eher „lüstern" oder bei starkem Drang
„notgeil" angesagt. Fast schon wieder nett ist
man anstelle von „wölllüstig" eher „Spitz wie
Nachbars Lumpi!"

Doch zurück zu Opa und Oma. Damals
hatten nur wenige Menschen ein eigenes
Auto. Oder wie man seinerzeit sagte: Automobil. Der Bergler Schorsch war so einer (die
Eigenarten bei Namensbezeichnungen im

Süddeutschen ist die Reihenfolge: „1. Familienname. 2. Vorname".

Außerdem die Änderung der Vornamen, wie z.B. . Hochdeutsch „Georg" = süddeutscher . Dialekt „Schorsch" . Oder „Josef = Sepp" oder „Karl = Karre" usw.). Jedenfalls war der Schorsch einer, der seine Auto-Werkstatt

liebte. Sonst hatte er ja auch fast niemand mehr zum Lieben, seit ihn seine Ehefrau Sofie vor einigen Jahren vermutlich in den Himmel verlassen hatte. Vielleicht außer seiner Werkstatt und sein Automobil.

Am Morgen war er der Erste, der kaum nach Sonnenaufgang seine Arbeitsstätte betrat. Und am Abend war er der Letzte, bei der

Arbeit und auch derjenige, der das Licht aus-
schaltete

Er machte dann Feierabend, wenn der Mond
ihm heimleuchtete. Er war ein sogenannter
„Anschieber mit dem Hirn", wie man ab und
zu Überfleißige nennt. Und das mit 80. Le-
bensjahren auf dem Buckel. Einen solchen
hatte er zwar nicht, doch sein Alter war schon
an verschiedenen Körperstellen auszumachen. Sein Arbeitsplatz war jedoch
gerätemäßig schon auf dem aktuellen Stand.
Dafür sorgte schon sein Enkel Armin. Der
führte inzwischen in der 5. Generation den
Betrieb. Dennoch konnte man an manchen
Ecken die musealen Werkzeuge und Gegen-
stände entdecken, die möglicherweise schon
in der Schorsch-Vorzeit angeschafft worden
waren. Auf alle Fälle galt Schorschs Auto-
Werkstatt als eine Art Paradies für defekte,
ältere PKWs. Neudeutsch auch Oldtimer
genannt. Als mich der Schorsch im letzten
Monat nach der „Einlieferung" meines Autos
von seiner Werkstatt nach Hause fuhr,
erzählte er mir eine kleine Geschichte. Damals
in der angeblich „guten , alten Zeit" bot er

allen Fußgängern, die in Richtung unseres
Dorfes unterwegs waren, stets eine Mitfahrgelegenheit in seinem Automobil. An einem
dieser Tage war auch unsere Oma mit ihrer
Freundin Sofie auf dem Rückweg von der
zehn Kilometer entfernten Kreisstadt. Dort
hatten sie auf dem Markt Eier und Gemüse-
verkauft. Eine Wegstrecke, die etwa zwei
Stunden dauerte. Doch dann kam Schorsch!
Mit seinem wie eine Speckschwarte
schwarzglänzenden Fahrzeug hielt er am
Straßenrand und lud die beiden zur Mitfahrt
ein. Da Schorsch trotz seiner Ehefrau-Losig-
keit als seriöser Zeitgenosse galt, stiegen die
beiden Frauen auch ohne Zögern in seinen
Wagen.

„Und weißt du …", meinte der Schorsch, ein
bisschen mit reduzierter Lautstärke und fast
etwas geheimnisvoll zu mir:
„Deine Oma war schon ein sauberes Weib!
Die hätte mir gut gefallen. Und obwohl sie
mit dem Hermann, meinem alten Schulfreund
verheiratet war – aber der ist ja auch schon
vor ein paar Jahren gestorben – bin ich
schiergar ein bisschen wolllüstig geworden.

63

Und er schloss sein Geständnis: „Aber sagen habe ich mir das nicht getraut!"

Das waren halt noch Zeiten.

Der Bisamhirsch

Hätte ein Besucher unseres Dorfes nach einem
Bewohner namens Jakob Zitzelsberger
gefragt, hätte er zur Antwort erhalten: „Den
gibt es hier nicht!" Denn Jakob Hitzelsberger
stand vielleiht in seinem Ausweis, jedoch er
hieß dorfauf und dorfab nur „Der Bisamhirsch". Nun ist das ja mit Spitznamen so eine
Sache: meist hängen sie mit irgendeiner
Begebenheit oder einem Erlebnis zusammen
und bleiben dem Betroffenen bis zum
Lebensende. Ja,manchmal stehen sie sogar in
der Todesanzeige – fast wie ein Ehrentitel.

Wie der Jakob zu seinem „Bisamhirsch" kam,
war der jetzigen Dorfgeneration nicht
bekannt, egal ob jung oder alt. Er war halt der
Bisamhirsch und er war ein Einzelgänger.
Lediglich sein Frau, die Kreszenzia schien im
nahezustehen. Manchmal jedoch, vor allem
wenn er zu viel Gerstengebräu intus hatte
und vom Wirtshaus nach Hause kam, war er

seiner Kreszenzia näher als ihr lieb sein konnte. Da kam es schon hin und wieder vor, dass sie aus irgendeinem Grund – oder auch keinem Grund ein paar Ohrfeigen bekam. Womit sie auch noch gut bedient war.

Mein Sportkollege Franz Lederer vom örtlichen Fußballverein wohnte gleich neben dem kleinen Bauernhof des Bisamhirsch. Und er wusste zu berichten, dass der Jakob, alias Bisamhirsch auch manchmal richtig derb zu seiner Frau war. Es kam sogar vor, dass Franzens Vater die Polizei rief, wenn der Bisamhirsch wieder einmal tobte und Kreszenzia allzu jämmerlich schrie. Die Polizeistation war jedoch mehrere Kilometer entfernt. So lange konnte Vater Lederer nicht immer warten. Da passierte schon einmal, dass er dem Jakob seine Aufwartung machte. Doch keine sehr freundliche. Ein paar Mal wurde der Bisamhirsch vom Vater Lederer „erlegt". Will heißen: er wurde per Fausthieb K.o. geschlagen.

Doch Franz wusste noch mehr über den Bisamhirsch und seine Frau zu berichten. „Das musst du unbedingt einmal sehen!", bedeutete er geheimnisvoll. Und schon nach ein paar Tagen klingelte er an mener Haustür. „Schnell, jetzt musst du kommen und dem Bisamhirsch zuschauen!". Ich fragte mich, was es da wohl zu sehen gäbe, das den Franz so aufgebracht reagieren ließ.

Wir näherten uns in gebückter Haltung entlang des Bisamhirsch-Hauses und schlichen vorsichtig zum Schweinestall der Zitzelsbergers. „Da schau", raunte mir der Franz noch zu, um mir dann den Vortritte ans kleine, vergitterte Fenster des Stalles freizugeben. Fast ein bisschen ängstlich, auf jeden Fall sehr gespannt, blickte ich durch die leicht beschlagenen Fensterscheiben. Ich sah nur den Rücken des Bismamhirsches. Er stand mit etwas Abstand von einer Schweinebox, in der eine dicke Muttersau genüßlich grunzte. Dazwischen war ein Stohnen und ja – auch eine Art Jammern zu hören. Diese Laute konnte man definitiv nicht den Schweinen zuordnen.

Franz winkte mir lautlos zu und deutete an, dass wir um den Stall zu Tür herumgehen sollten. Der Grasboden kam unserem Indianer-artigen Anpirschen zu Gute. Auch die Stalltüre war aufgrund einiger breiter Ritzen ein idealier Aussichtspunkt. Nun ja, Franz und ich waren ja schon in der Pubertät und hatten heimlich so manches gehört, was Männer und Frauen so miteinander treiben können. Doch eine Aufklärung wie in heutiger Zeit gab es in unseren Tagen nicht, wo Sexualtät teilweise noch im gleichen Atemzug Heimlichtuerei oder gar mit Todsünde in Verbindung gebracht wurde. Und weder der Herr Pfarrer, der Herr Lehrer oder gar die Eltern halfen, diese Geheimnisse zu lüften oder gar zu erklären.

Die Seitenansicht in den Stall brachte endlich eine Erklärung. Die Kreszenzia stand vorne übergebäugt auf dem Schweinebox-Gitter. Zunächst konnte man glauben, dass sie mit der Muttersau ein Gespräch führte. Oder ihr etwas zum Fressen hineinwarf. Aber dazu hätte sie ja nicht ihre Kleiderschürze auf ihren Rücken werfen müssen. Und ihr Gewimmere war bestimmt auch keine Schweinesprache. Der Bisamhirsch stand aufrecht hinter ihr. Seine indigoblaue Arbeitshose war normal angezogen. Dennoch bewegte er leicht nach vornebeugt sein Hüften mit gleichmäßigen, rhythmischen Bewegung. Dabei musste er sich wohl an Kreszentias Hüften festhalten, um scheinbar nicht umzukippen. Jetzt wurde auch klar, dass das Grunzen nicht von einem der Zitzelbergerschen Schweinen stammte, sondern vom Bisamhirsch. Begleitet wurde das Grunzen mit einem heftigen Atemluft-Ausstoß, immer wenn er seine Beckenpartie nach vorne schob. Franz sah mich über beide Backen grinsend an. Dann warf er seinen Kopf zurück, als ob er sagen wollte: na, habe ich dir zu viel versprochen?

Jahre später ging mir manchmal ein Witz durch den Kopf. Herr und Frau Zitzelsberger waren möglicherweise tüchtige Leute, die ihr sicher nicht einfaches Leben meisterten. Doch beide wären mit nur geringer äußerer Schönheit gesegnet. Manche Leute mögen sagen: sie waren hässlich.

Der Witz an den ich dachte, ist zwar etwas makaber. Er passte jedoch für Herrn und Frau Bisamhirsch. Sie hatten nämlich einen Sohn. Der Witz lautet: Es war einmal ein sehr hässlicher Mann. Der hatte eine noch hässlichere Frau.

Das erste Kind haben sie verschenkt.

Nackte Körper - Aktmalerei

„Das ist Gina", stellte unsere Kursleiterin die junge Frau im pinkfarbenem Bademantel vor. „Sie ist das erste Modell in unserem Aktmalerei-Workshop", fährt sie weiter fort. Und kaum ist die Vorstellung zu Ende, huscht Gina aus Ihrem Bademantel und legt sich zunächst bäuchlings auf dem Tisch vor uns. Uns – heißt eine Gruppe von Frauen und

Männern unterschiedlichen Alters. Von Mitte Zwanzig bis zum Rentenalter. Alle hatten mehrere Abendkurse in „Bildender Kunst" gebucht, um verschiedene Maltechniken und Malstile zu studieren. Zur Ausbildung gehörten auch mehrere Sitzungen mit Aktmodellen. Einigen männlichen und überwiegend weiblichen.

Dann kam sie! Gina samt ihrem pinkfarbenen Bademantel mit einem Tigerkopf auf dem Rücken. Eine hübsche Mitzwanzigerin - und sehr schlank. Möglicherweise wäre ich bei ihrer Vorderansicht mangels Masse ein bisschen enttäuscht worden. Gottseidank sollte sich das bei den nächsten Modellen ändern. Diese Damen und Herren kamen zwar auch im Bademantel oder Trainingsanzug in den Malsaal, doch sie setzten oder legten sich dann nackt im Adam- oder Eva-Kostüm scheinbar ungeniert in irgend einer Pose vor die Malenden.

Wenn ich davon manchmal meinen männlichen Freunden und Bekannten erzählte, wurde die Atmosphäre sofort ein bisschen intim. Ja, eigentlich – je nach Gesprächskreis - etwas schlüpfrig oder gelegentlich sogar ein bisschen ordinär. „Mensch, toll! Dann bekommst du ja nackte Frauen aus nächster Nähe zu sehen!", war eine gängige Ansicht. „Oh, kannst du dann überhaupt noch den Pinsel halten", hörte man dann unter allgemeinem Gelächter der Umstehenden.

„Wird dir dann nicht ganz schwindlig, wenn dir das ganze Blut im Gehirn woanders hinfließt", war einer der wenig charmanten Kommentare. „Da wirst du ja für wenig Geld kräftige Schenkel und dicke Popos zu sehen bekommen!", meinte einer meiner Bekannten.

Diese Typen haben wirklich keine Ahnung ujnd nur ihr Macho-Gehabe im Kopf, dachte ich. Nun, kann ich nicht leugnen, dass es Künstler hin, Maler her, anfangs schon ein eigenartiges Gefühl war, wenn so ein Körper völlig entblößt vor einem sitzt. Doch die kurzen Momente der Irritation waren schnell vorbei, denn die Dozentin erklärte dann fast im Befehlston: „Also, meine Herrschaften: als Erstes ist eine Skizze anzufertigen. Egal, ob mit Bleistift oder dünnem Pinsel. Danach steht die Untermalung an (für Nicht-Maler heißt das, eine helle Beigefarbe oder eine Art Schweinchen-Rosa an die Stellen zu setzen, an denen hinterher keine oder dunkle Farben plaziert werden". Schließlich ordnete die Kursleiterin die Kolorierung an. „Aber bitte nur mit gut wasserdünnen Farbschichten auftragen!" Will heißen, dass an bestimmten

73

Körperstellen mit ganz wenig Farbe
gearbeitet wird.

„Und zum Schluß das Wichtigste!", bemerkte
die „Chefin" voller Ernst. „Die Schatten!" Das
ist der Moment, bei dem einem Anfänger der
Atem stockt. Nämlich mit Elfenbein-Schwarz
(ja, das heißt wirklich so, weil es im Vor-Indu-
strie-Zeitalter aus verbranntem Elfenbein
angemischt wurde). Alternativ war auch
Neutraltinte erlaubt. Ein tiefes Dunkelblau,
das fast schwarz aussah. Mit diesen Farben
wurden die Schatten hergestellt, um dem
Motiv Tiefe zu verleihen. Das war natürlich
der Augenblick, an dem man sehr genau den
Schattenwurf der Brüste oder die Wülste an
den Hüften anschauen musste. „Ach ja. Und
die Schambehaarung nicht vergessen!", been-
dete die Kursleiterin ihre Anweisungen..
Ach ja, Schambehaarung lässt ja auf „Sex"
schließen. Nun, wer an dieser Stelle denkt,
dass man von erotischen Gedanken oder
lüsternen Fantasien durchströmt wird, der irrt
sich gewaltig! Das Modell darf nämlich nur
maximal 10 Minuten in einer Pose verharren,
um sich dann zu entspannen. Doch so bald es

sich ein bisschen dreht oder beugt, ist die gesamte Licht- und Schattenvorgabe der alten Position verschwunden.

Ich kann also mit Fug und Recht behaupten, dass Aktmalerei so wenig mit Erotik und Sex zu tun hat, wie zum Beispiel Schokoladentorte mit Meerrettich.

Und Gina? Ich traf Sie ein paar Wochen später durch Zufall in einem Café. Sie sah mit ihrer engen Jeans und dem knappen T-Shirt fast noch schlanker aus, als damals bei ihrer Aktpose. „Also das war das erste Mal, dass ich mich vor fremden Menschen nackt ausgezogen habe. Und trotz eines doppelten Whiskys vorher war ich fast ohnmächtig vor Aufregung. Doch als Kunststudentin brauchte ich einfach das Geld!".
Und dann verschwand diese zierliche Gestalt in der Menge. Das Bezahlen hat sie in der Aufregung vergessen. Doch nicht deswegen wird sie mir immer in Erinnerung bleiben ...

Ist Sex pervers? Oder Macht?

Und immer wieder dieselbe Frage? Weshalb schreibst du so etwas? Du bist doch nicht pervers. oder?

Nun, ich konnte mir darauf selbst keine schlüssige Antwort geben. Pervers? Bestimmt nicht aus einer verfehlten Kindheit, da ich von meiner Mutter liebevoll und auch mit viel Lebensweisheit erzogen wurde.. Ja sogar Fremdländisches aus ihren Lebensabschnitten in Frankreich und England floss in meine Erziehung ein. Reisen war in der damaligen Zeit für einfache Leute etwas völlig Ungewöhnliches. Vor allem wenn man dem Sinnspruch glaubt: „Könige schicken ihre Kinder auf Reisen."
Obwohl meine Eltern getrennte Wege gingen, bin ich sicher, dass mich das nicht in Richtung „Perversion" gelenkt hat. Ganz bestimmt nicht! Jedenfalls bin ich meinem Vater irgendwie dankbar; schließlich hatte er mir mit seinem Zeugungsbeitrag mein Leben

geschenkt. Doch ansonsten sehe ich seine Rolle stets in Verbindung mit dem Spruch von Wilhelm Busch:

„Vater werden ist nicht schwer. Vater sein, dagegen sehr, Ersteres wird gern geübt, weil es allgemein beliebt.

So wuchs ich ohne väterlichen Druck oder Dominanz des väterlichen Über-Ichs heran. Was aber auch etwas zu Respektlosigkeit gegenüber Autoritäten jeglicher Art führte. Es sei denn, die Vorgesetzten oder Chefs bewiesen starke soziale Kompetenz, d.h. man konnte wahrlich zu ihnen aufblicken. Dennoch: Perversionen? haben sich nach meiner Meinung dadurch nicht ausgebildet. Auch in der Schulzeit nicht.

Außer vielleicht ein kleines bisschen, als wir Kinder am nahegelegenen Kasernenzaun der stationierten US-Soldaten; auch Gis oder Amis genannt, mit einer ihrer Zeitschriften namens „Playboy" in Berührung kamen:

halbnackte, überwiegend gut aussehende und vor allem großbusige Frauen in Hochglanz-Druck.. Und das für uns Kinder aus dem katholischen Kindergarten ! Aber pervers? Vielleicht aus Sicht der Kindgarten-schwester. Aber ich: nein!

Etwas mehr Pfeffer brachte meine Berufs-wahl „Reisebüro-Kaufmann" mit sich. Viele Jahre in der internationalen Tourismus-branche rückte meine Perspektive in neue Dimensionen meiner bisherigen sexuellen Erkenntnisse. Nach der Lehrzeit folgten Lebensabschnitte in deutschen und aus-ländischen Großstädten und viele Reisen auf alle Kontinente. Natürlich kam ich als Weltenbummler auch mit vielen Menschen aus unseren und anderen Kulturkreisen in Berührung, die man in einem „normalen" Berufsleben zum Beispiel als Bankangestellter, Buchhalter oder Handwerker vielleicht nicht so getroffen hätte. Dass dabei auch mein Sex-

Horizont erweitert wurde, war unvermeid-
lich. Denn Menschen auf Reisen, egal ob
geschäftlich oder in Urlaub geben sich nach
meiner Erfahrung oft viel freier und entspannter als in ihrem Alltag. Jedoch auch
enthemmter und unkontrollierter. Sex spielt
dabei eine nicht unerhebliche Rolle.
Zugegeben: diese Erlebnisse passierten
irgendwo in dieser Welt. Doch ich kam aus
unserem Dorf und somit gibt es eben auch
eine Schnittstelle dorthin. Als Reiseleiter und
Tourmanager von Firmenveranstaltungen im
Ausland machte ich teilweise skurrile Erfah-
rungen.

So bei einem Ärztekongress in Korfu, als ich
mit dem Vorstandsvorsitzenden eines nam-
haften Pharmakonzerns beim Kaffee auf der
Hotelterasse saß. Neben ihm eine attraktive
Blondine, die laut einigen ihrer Bemer-
kungen offensichtlich verheiratet war. Aber
nicht mit dem Herrn Vorstand. Hier war sie
scheinbar seine „Gespielin" – jedoch nicht
beim Schach- oder Pokerspiel-. Dies wurde
durch folgende Aussage des „Mr. Wichtig"

erhärtet: „Wissen Sie", sagte er in einer Art arroganter Überlegenheit: „Sex ist Macht!" und fasste seiner Blondie dabei ohne Hemmungen an die Brüste. Blondie schwieg und nuckelte weiter an ihrem Gin Tonic. „Und Sie?", fuhr er zynisch fort, „lernen auf Firmenkosten die Welt kennen!"
Ja, dachte ich unausgesprochen: das ist mir lieber als ein williges Blondinchen …
Glauben Sie mir, dass solche Erlebnisse überall auf der Welt hätten passieren können bzw. passiert sind.

Oder der Finanzchef eines bedeutenden Industrieunternehmens bei einer Tagung in Marokko. Er hatte in der Hotelbar reichlich dem Alkohol zugesprochen: Lieblingscocktail Manhattan. Weinerlich lallte er mir von den Eskapaden und Amouren seiner Ehefrau vor, die er allerdings laut eigenem Bekunden mit zwei Geliebten ausglich. Und dann der krönende Schlusssatz: „Wissen Sie, ich sitze immer gerne spät nachts an Hotelbars. Da kommen oft die trostsuchenden Frauen. Und die sind dann leichte Beute …!"

Auch die mit Tequila vollgesaugte Dame erzählte am Anfang der Reise von ihren „reizenden Kindern" daheim und war zu Hause vermutlich eine brav-biedere Ehefrau. Sie und ihr Gatte, der bereits schnapsselig im Hotelzimmer schlief, reisten in einer Touristengruppe durch Mexiko. Als hilfsbereiter Reiseleiter stützte ich Frau „Schnapsdrossel" beim Gang zu ihrem Bungalowzimmer. Vor der Türe fiel sie formlich über mich her. Ehe ich sie von mir drücken konnte, spürte ich schon ihre Zunge in meinem Mund. Mit dieser führte sie entlang meiner Zahnreihen eine Art mexikanischen La Bamba-Tanz auf. Ich rettete mich durch einen Hecht in den nebenliegenden Swimmungpool und befreite mich von der plötzlich hemmunglosen Furie.

Ich denke manchmal auch an den kirchlichen Begleiter einer Pilgerreise-Gruppe, der sich auf dem Heimflug im Flugzeug ungeniert am Hintern seiner Sitznachbarin aus der Reisegruppe zu schaffen machte. Sie ließ ihn gewähren, obwohl ihr Ehemann nur zwei Reihen hinter ihnen saß, tief versunken in die

Bordzeitung. Ich benahm wie der schweigende, höfliche Mitreisende und blickte aus dem gegenüberliegenden Fenster auf die dicken Wolkenberge.

Oder die Erlebnisse beim Abreisen aus den Hotels, wenn die Receptionisten peinliche Nachforderungen bei mir als Reiseleiter stellten: „Das Doppelzimmer 211 war als Einzelzimmer gebucht, doch von zwei Personen benutzt worden". Dieses Argument der Hotelbediensteten war meist leicht zu entkräften. Hatten Sie sich doch die Kosten für das Einzelzimmer gespart, das der „Beischläfer" des Doppelzimmers nicht genutzt hatte.

Es gäbe noch so manches Erlebnis mit Männern vom „anderen Ufer", mit Transvestiten und Damen des horizontalen Gewerbes zu berichten. Doch ich möchte nicht, dass meine Zeilen einen pornografischen Charakter bekommen.

Mit der Zeit empfand ich, dass dieses ganze „Bestechungs-Herumgereise" eine gewaltige Resourcen-Verschwendung ist; egal, ob man

der Veranstaltung den Namen Tagung, Kongress, Workshop oder Incentive gab. Denn schließlich ging es meist um nichts anderes , dass Produzenten bzw. Lieferanten ihre Kunden mit dem Hochglanzprodukt „Reisen" für sich einnehmen wollten.
Doch auch Privatpersonen verfehlen oft den eigentlichen Sinn des Reisens.

Ich war froh, dieser anfangs interessanten Beschäftigung den Rücken kehren zu können.

Winfried und sein Opa

Winfried war der geborene Spaßmacher. Oder
Comedian, wie man heute sagt. In jedem
Moment hatte er eine lockere Bemerkung
oder einen Witz auf Lager. Dazu lieferte er
Gesten und Bewegungen, die die Komik einer
Situation massiv verstärkten. Bei richtigen
Schauspielern hätte man das Gestik genannt.
Aprops Schauspieler! Wenn Winfried mit
seinen Erzählungen startete, hätte man
denken können, dass er mindestens ein paar
Jahre die Schauspielschule besucht hatte.
Doch weit gefehlt! Winfried war ein braver
Sachbearbeiter im Finanzamt. Und ich glaube,
dass die „Überlebenschancen" dort nur groß
sind, wenn man das Leben mit einem Lachen
absolviert.

„Stell dir vor", eröffnete er und bewegte sich
dabei wie ein Pfarrer, der von der Kirchen-
kanzel das Evangelium verkündet. Doch mit
dem Schütteln von Armen und Beinen oder
mit Kopfwackeln gab sich Winfried nicht
zufrieden.

Er konnte sein Gesicht nach oben verlängern und in die Breite dehnen, als ob es aus Gummi wäre. Scheinbar hatte er auch keine Gesichtsknochen, die ihm ein derartiges Mienenspiel – oder professionell „Mimik – ermöglichten. So wechselte er je nach Bedarf in Sekundenbruchteilen von einem tieftraurigen in einen breit lachenden Gesichtsausdruck, was natürlich dem Witz oder der Erzählung die besondere Würze gab.

Eine Geschichte habe ich bereits mehrfach von ihm gehört. Er erzählte sie in unterschiedlichen Kreisen. Aber als „Gesamtkunstwerk" mit Winfrieds Mimik und Gestik wurde sie mir nie langweilig. Ich konnte sie immer wieder hören!

„So um 1900.", begann Winfried seinen Vortrag:, „Kein Fernsehapparat, keine Fußball-Bundesliga – und auch ganz wenige Autos - für kleine Leute schon gleich gar nicht. Eigentlich können wir uns heute die gesamte Lebenssituation von damals gar nicht mehr ausmalen. Kaiser, Militarismus, Fabrikarbeit – wenn man Glück hatte. 6-Tage-Woche,

Frauen im KKK-Modus, heißt Küche, Kinder, Kirche."

Winfried nahm sich kaum Zeit zum Luft-
holen, als er weitererzählte: „Adalbert, mein
Großvater heiratete in dieser Zeit die Emma.
Sie kam aus dem Fränkischen und beide waren glücklich miteinander, wie man aus Ver-
wandtschaftskreisen immer wieder hörte.
Sofern man das bei diesen extrem bescheidenen Lebensumständen eben sein konnte.
Immerhin hatten sie bald ein Söhnchen, Opas

Stolz. Natürlich musste er
auch Adalbert heißen.
Gefolgt von einem Schwe-
sterchen. Die Susi. Den
Namen hatte man zu Ehren
von Tante Susanne
gewählt, die ja auch die
Taufpatin war. Zwischen
Geburt des Jungen und der
des Mädchen lagen gerade acht Monate, was
doch auf eine gesunde Sexualität der Eltern
schließen ließ. Die nächste Schwangerschaft

Emmas war wieder mit acht Monaten Abstand. Sie war eine zierliche, aber auch schwächliche Frau. „Sie starb im Kindsbett", hieß es bei der ganzen Verwandtschft..

Opa stand nun plötzlich alleine mit seinen drei Kindern da. Seine Vorarbeiter-Tätigkeit in der Spinnerei und Weberei mit reichlich Überstunden nahm ihn auch schwer in Anspruch. Adalberts Eltern waren früh gestorben und konnten daher keine Kinderbetreuung leisten. Zum Verständnis: heute sagt man wohl „Babysitting". Selbst wenn das Kind liegt. Doch das macht eine solche Konstellation auch nicht besser! Gut, Opas beide Schwestern und der Onkel mit Nichten und Neffen taten ihr Möglichstes. Aber letztendlich war das nur der berühmte Tropfen auf den heißen Stein. An einem Sonntag im Herbst tagte der Familienrat. Nach Bewertung sämtlicher Varianten entschied die Verwandtschaft, dass Hannelore, Opas ledige Cousine aus dem Nachbardorf Berghausen die Haushaltsführung und Erziehung der drei Kinder übernehmen sollte. Hannelore ging ihre neue Aufgabe mit großem Engagement an und hatte auch schon bald das Zutrauen der Kinder gewinnen können. Es war nur eine Frage der Zeit, bis die „Ersatzmama" fast wie ein gleichrangiges Familienmitglied aufgenommen würde.

Natürlich war Opa begeistert, obwohl er mit seiner Freude stark hinter dem Berg hielt. Hannelore war nun nicht gerade das, was man als gutaussehende Frau bezeichnet. Doch neben der Zuneigung der Kinder schätzte Opa auch die Kochkünste der Cousine. Mit der Zeit schwanden die Hemmungen und man kam sich näher. Nach einigen Monaten geschah das Unvermeidliche. Hannelore war schwanger. Zunächst glaubte die Verwandtschaft, dass die Liebe zwischen Hannelore und ihrem Jugendfreund aus dem Nachbardorf wieder aufgeflammt sei. Dann jedoch gestand Opa bei der sonntäglichen Kaffeerunde der Familie, dass ihn an seiner Cousine mehr als Kindererziehung gefallen hat.

Das war zwar mannhaft, doch an seiner zittrigen Stimme erkannte man auch seine Scham. Nun war alles geklärt!

Schnell wurde über den Herrn Dorfpfarrer die Genehmigung einer Hochzeit eingeholt. Hochwürden hatte sich für diese schwierige Beziehung sogar den Segen der päpstlichen Verwaltung aus Rom eingeholt. So konnten Hannelore und Adalbert auch kirchlich heiraten - sogar in schwarz-weiß, was natürlich zu dieser Zeit die unabdingbare Notwendigkeit zur Bestätigung einer Beziehung war. Und der Älteste durfte den ausladenden Brautstrauß vor den Neuvermählten tragen, während die beiden Mädchen Blütenblätter vor dem Paar ausstreuten.

Doch das Glück von Adalbert und Hannelore währte nicht nur bis zum Ende der Flitterwochen. Das Paar lebte äußerst harmonisch miteinander, was durch ihre weiteren acht Kinder deutlich wurde. Diese komplettierten die Familie – zusätzlich zu den drei aus erster Ehe. Und so konnte man verstehen, dass Adalbert manchmal spaßeshalber von seiner „Fußball-Elf" sprach.

Alle Kinder von Opa und seiner Cousine - ach nein, jetzt Ehefrau- waren kerngesund und später ausnahmslos beruflich erfolgreich.

Ein Hoch auf Opas Männlichkeit! Und Hannelores Gebärmutter!

Huris und die orientalische Lust

Was glauben Sie, wieviele Nationen zusammen mit den „Ureinwohnern" in unserem Dorf leben? Die Abgrenzung der Begriffe ‚Einheimische, Zugereiste, früher Flüchtlinge, heute Migranten etc.' ist schwierig.
Der Duden übersetzt „Migration" als „Wanderung", was die Sache nicht einfacher macht. Sind die Einheimischen dann auch Migranten, wenn ihre Vorfahren etwa 300 nach Christus als „Sueben" aus ihrem ursprünglichen Lebensraum zwischen Thüringen und Ostsee nach Süden gezogen sind und hier sesshaft wurden? „Wanderungen" haben eben immer stattgefunden. So auch die Welle der sogenannten Asylanten.

Zurück zum Thema: wieviele Nationen leben in unserem Dorf? Bei meinen Fahrrad-Erkundungsfahrten habe ich viele der Ureinwohner und Neuzuzieher befragt und gezählt. Es sind 18, in Worten „achtzehn"! Dieses Resultat würde ich nicht als wissenschaftlich, sondern eher volkstümlich bezeichnen. Viele dieser Menschen aus den 18 Nationen sind mir persönlich bekannt. Manche nenne ich auch meine Freunde.

Zum Beispiel Farid, den der Krieg aus seinem Heimatland Syrien als Teenager zu uns gespült hat. Er spricht inzwischen sehr gut Deutsch und arbeitet nach seiner Ausbildung seit einiger Zeit als App-Programmierer in einer hiesigen Software-Firma. Als Vorgesetzter von zehn deutschen Kollegen!

Was das nun mit Sex zu tun hat? Bei so manchem Glas zuckersüßem arabischen Pfefferminztee unterhielten Farid und ich über Gott und die Welt. Er ist mit seinen 24 Jahren ein gescheiter junger Mann, der mehr auf dem Kasten hat, wie seine Computer-Programme. Unter anderem sprachen wir auch über das Thema „Sex" in seiner Heimat.
„Viele Europäer haben schon von den Huris.gehört", erzählte

er. „Das sind jene 72 Jungfrauen, die im Paradies einem Mann beigegebenen werden." Farid, gläubiger Moslem, weiß, „dass diese Zahl 72" eher volkstümlich gebraucht wird und quasi nicht offiziell im Koran steht (Anmerkung: der Koran ist die ‚Bibel' der Muslime).- Diese Huris haben eher eine mystische, magische Funktion in der arabischen Gesellschaft. Darüberhinaus klingt ‚Huri' im Deutschen eher etwas negativ und könnte zu Missverständnissen führen. Doch „Huris" bedeutet jedoch etwa so viel wie ‚reichlich' im Arabischen. Was auch mit deren äußeren Erscheinungsbild der Jungfrauen zusammenhängt.

„Weißt du, Sexualität in der arabischen Welt ist so ähnlich wie eine Burg, abgeschlossen von der restlichen Welt, jedoch mit einigen Löchern in den Mauern.", fügt der junge Mann hinzu. Sein Opa, ein Gymnasiallehrer, erzählte ihm, dass in früherer arabischer Auffassung Sexualität als sinnenfroher Lebensbestandteil, ja fast als Teil der Religion betrachtet wurde. Doch durch die vernichtende Niederlage gegen Napoleon Ende des

93

18. Jahrhunderts wurden auch viele musli-
mische Strukturen vernichtet. So wurde auch
die eigene, arabische Sexualgeschichte quasi
kolonialisiert und nach der europäischen Vor-
lage „umgeschrieben". Etwa in der Mitte der
1800er Jahre Jahre übernahm der Islam diese
westliche Sexualauffassung. Und die damalige christliche Auffassung von Sexualität war
etwas Verbotenes, ja Ruchloses. In der Folge-
zeit sahen die radikalen Muslime eine ‚Jauche-
grube des sexuellen Chaos und moralischen
Zerfalls'. Die Ehe wurde hochstilisiert als
‚Sonne, deren Anziehungskraft das Ganze
zusammenhält'.

Soweit Farids Opa. „Mein Vater las mir gelegentlich aus dem Koran vor, unter anderem
das Folgende: Wer heiratet, hat die Hälfte
dieses Glaubens erfüllt; für die zweite Hälfte
fürchte er Gott". „Von meinen Freunden habe
ich dann gehört, dass in unserer Religion kein
vorehelicher Sex erlaubt war", erfuhr Farid
von seinen Altersgenossen. Er erzählte weiter:
„Doch dieses religiöse Verbot machte die
Menschen recht erfinderisch, was die vor-
eheliche sexuelle Aktivität betrifft.

Und obwohl die Lebensräume der Männer und Frauen in arabischen Ländern getrennt voneinander sind, gab es allerlei ungewöhnliche Formen für die ‚Begegnungen der Geschlechter', wie es der junge Syrer nannte. „Das hat sich in Zeiten von Internet und Handy zwar geändert, aber das Handy wurde gleichzeitig auch ein Kontrollwerkzeug der Eltern, die ihre Kinder ständig anrufen konnten, um zu erfahren, wo sie sich aufhalten und ob sie auch züchtig sind", schmunzelte mein Gesprächspartner..

Farid verschwand kurz aus seinem Wohnzimmer und brachte aus der kleinen Küche ein Silbertellerchen mit kleinen Gebäckstückchen. „Das ist Kadaif", sagte er. „Eine beliebte Beigabe zu Mokka oder Tee. Sie wird übersetzt auch ‚Engelshaar' genannt, wegen der dünnen Teigfäden auf der Oberfläche". Dieses Blätterteiggebäck mit einer Zimt-Nelken-Mandelfüllung schmeckt fein, ist jedoch für deutsche Gaumen sehr süß. Derart stimuliert erzählte er weiter. „Aus diesem vorehelichen Sexverbot haben sich bei uns zeitlich begrenzte Eheformen entwickelt.", brachte mich Farid zum Staunen.

„Weißt du, meine Eltern waren liberale, fortschrittlich denkende Menschen. Von meiner Mutter zum Beispiel habe ich über die ‚Ehe auf Zeit gehört: Ehe für eine Nacht, eine Woche oder einen Sommer wird gern von reichen Arabern praktiziert. Auch Reisende oder Zeitarbeiter gehen solche Kurzehen ein. Viele Eltern vermitteln dabei ihre meist minderjährigen Töchter in sogenannte ‚Sommerehen', um mit dem Geld von gut Verdienenden oder reichen Ausländern den Lebensunterhalt für sich und den Rest der Familie zu finanzieren.

Dann fügte er grinsend hinzu. „Außerdem gilt in vielen arabischen Ländern: Männer stehen stets unter dem Druck, potent zu sein. Denn Impotenz ist laut der Ehegesetze der Scharia (Anmerkung: islamisches Rechtssystem) ein Scheidungsgrund. Deshalb ist Viagra in der arabischen Welt fast eine Art zweite Währung' geworden", lächelte Farid fast hüstelnd dazu.

„Dem Immer-Können der Männer wird Frauen unterstellt, immer zu wollen."

Mein Gastgeber lehnte sich etwas zurück und blickte unauffällig auf seine Armbanduhr. Für mich ein höfliches Zeichen, bald zu gehen. Und schon kam Farids Kommentar, scheinbar wie aus meinen Gedanken gelesen: „Das war jetzt viel Stoff für's Erste. Vielleicht reden wir beim nächsten Mal über den Schleier als Disziplinierungsmaßnahme, über Genitalverstümmelung, den Jungfräulichkeitstest bei Hochzeiten."

Dann wird der junge Erzähler noch einmal ernst: „Weißt du, Prostitution ist in vielen arabischen Ländern verboten, aber männliche wie weibliche „Sexarbeit" ist allgegenwärtig. Wäre man bösartig, könnte man fast behaupten: das ganze Land geht auf den Strich. Illegal oder religiös legitimiert in Sommerehen oder mit Homosexualität. Wobei als schwul der Passive und nicht der penetrierende Partner beim Sexualakt gilt.

Leicht benommen verabschiedete ich mich von Farid und dankte ihm für seine Erklärungen. Auf dem Nachhauseweg dachte ich mir: so viel keuscher geht es ja bei uns auch nicht zu.

Übrigens: eine Gesprächsfortsetzung wird wohl nicht stattfinden Von einem gemeinsamen Freund habe ich erfahren, dass Farid - mein arabischer ‚Sex-Berichterstatter' - inzwischen von Berufs wegen nach Berlin umgezogen ist.

Deutschland wird wohl sein zu Hause bleiben, vielleicht jedoch nicht seine Heimat werden.

Casanova oder Elektromonteur?

Blond, blauäugig, breitschultrig. Fast wie ein Wikinger aus einem Historienfilm. Braunbegrannt war er auch, wenn er wieder einmal aus einem exotischen Land zurückkam. Offiziell hieß er Ruud van Rijn, wie sein holländischer Großvater. Der irgendwann einmal der Liebe wegen in unsere Gegend einwanderte. Bei den Nachbarn wurde Ruud (der jüngere) jedoch auf das griffigere „Rudi" reduziert. Er wohnte am anderen Ende unseres Dorfes. Er galt als sehr tüchtig. Als Ingenieur oder Monteur – oder was auch immer - für Elektroinstallationen einer internationalen Firma reiste er durch die ganze Welt.

Wir begegneten uns anfangs bei kleinen Radtouren: erst ein Nicken, dann später ein Gruß durch Handheben und irgendwann ein „Servus" oder „Grüß dich". Zuletzt fuhren wir dann oft gemeinsam und plauderten was das Zeug hielt.

99

Manchmal legten wir eine Trinkpause an einer Sitzbank bei einem Buchenwäldchen ein. Aus seinen Erzählungen merkte man, dass er gescheit und gebildet war. Einmal erwähnte er einen Spruch von Johann Wolfgang von Goethe: „Die beste Bildung findet ein gescheiter Mensch auf Reisen".

Manchmal erzählte Rudi auch spannende oder lustige Geschichten von seinen Erlebnissen auf allen Kontinenten. Ich muss gestehen, dass ich dabei manchmal an seinen Lippen hing wie Bienen an nektarhaltigen Blumenblüten. Seine Geschichten waren – wenn er sie öffentlich erzählte - überwiegend jugendfrei. Jedoch unter vier Augen ging es doch manchmal in schlüpfrige Bereiche. „Du lernst auf deinen Reisen bestimmt viele interessante Menschen kennen", wollte ich einmal von ihm wissen. „Na klar!", meinte Rudi. „Und zwar Männlein und Weiblein", grinste er verschmitzt.

„Wieso?", tat ich unschuldig. „Sind bei euch auch Frauen auf den Baustellen?". „Nee, die triffst du in den Büros, aber auch an den Hotelreceptionen und vor allem in den Hotelbars …", ließ er mich wissen. Rudi hatte bei seinem Aussehen auch bestimmt keine Kontaktprobleme bei Damen. Dazu war er höflich und charmant: Tür aufhalten,   Stuhl zurecht rücken, in die Jacke oder in den Mantel helfen gehörte bei ihm zum Standard-Repertoire. Einfach ein wohl erzogener Mann!

Und dann erzählte er Geschichten, die so ähnlich wie die des Frauenverführers Casanova klangen. Sie erinnern sich bestimmt an den italienischen Abenteuerer und Schriftsteller aus dem 18. Jahrhundert, der durch die Schilderungen seiner zahlreichen Liebschaften berühmt wurde, ja Weltruf erlangte. Er gilt bis heute als Inbegriff des Frauenhelden. Oder „Womanizer", wie das jetzt in Neudeutsch heißt.

„Für Freundlichkeiten und Schmeicheleien sind Frauen und Männer in gleichem Maß empfänglich. Ich habe es nie darauf angelegt, gezielt Frauen kennenzulernen. Es hat sich immer irgendwie ergeben", fügte Rudi fast ein bisschen unschuldig hinzu.

Er berichtete von einer Geschäftsfrau, die neben ihm in der Business-Klasse des Fluges nach New York saß. Man plauderte über dies und das, trank ein paar Cocktails und war schon bald recht beschwingt. „Frau Carmen", (so wie ich Rudis diskrete Art kannte, war das bestimmt nicht ihr richtiger Name) wurde am Flughafen mit einer Limousine ihres amerikanischen Geschäftspartners abgeholt. Sie bot Rudi eine Mitfahrgelegenheit. Nennen Sie es Zufall oder Schicksal: beide wohnten auch noch im vornehmen Park Lane Hotel in Manhattan.

Rudi revanchierte sich für das Mitnehmen mit einer Verabredung zum Abendessen. „Dann ging es Schlag auf Schlag. Wir tranken noch einen Absacker auf ihrem Zimmer - und dann …", stoppte er mitten in seiner Erzählung. „Ja und dann?", fragte ich neugierig, „Das willst du garnicht wissen!", lachte er. Und die Geschichte war für ihn beendet.

Ulrike kannte Rudi schon lange. Die Sekretärin seines Chefs in der Firmenzentrale in Berlin. Sie war stets reserviert und zurückhaltend zu allen Mitarbeitern. „Doch du weißt ja, dass es günstig ist, einen Draht in die oberen Etagen zu haben.", erklärte er mir seine nachfolgende Taktik. Auf Rudis Freundlichkeiten reagierte sie wie eine Teflon-Pfanne. Will heißen: es schien alles an ihr abzuprallen. Durch einen Kollegen erfuhr Rudi, dass Ulrike ein Eishockey-Fan sei. Und so besorgte er über seine guten Verbindungen zum Vorstand der Berliner Eisbären zwei VIP-Tickets für das Spitzenspiel gegen Red Bull München. Die kühle Ulrike schmolz wie eine Eisbahn im Hochsommer, als ihr Rudi die Eintrittskarte vorlegte. „Sie können ruhig mit Ihrem Freund oder Ihrem Bekannten dort hingehen. Und falls die keine Zeit haben …". erwähnte er ganz nebenbei, „kann ich ja mal schauen, ob ich keinen anderen Termin habe. Wissen Sie eigentlich, dass ich früher auch einmal Eishockey gespielt habe?", machte er sich wichtig. Er klärte sie jedoch nicht darüber auf, dass dies meist auf einem zugefrorenen Weiher war. Von wegen: ‚Anderer Termin', dachte ich – dieser heuchlerische Kerl. Das war doch seine Absicht, dass er mitgehen konnte. Und so geschah es. Durch den Sieg Ihrer Heimmannschaft war Ulrike nach dem Match total entspannt, wie man sie eigentlich nicht kannte. Daher nahm sie Rudis Einladung auf ein Bierchen in die Eckkneipe an. Der Plausch bewegte sich zunächst nur im Bereich Bully-kreise, Schlagschüsse und Strafzeiten. Doch er war intensiv und niemand von beiden wusste danach noch, wieviele Bierchen es dann wohl waren. Jedenfalls war die sonst so Gestrenge völlig locker und Rudi durfte bei ihr zu Hause noch ihre beachtliche Sammlung früherer Eisstadion-Zeitungs-Ausgaben anschauen". Oder etwas ähnliches …

Rudi schien in Sachen amouröser Erlebnisse ein nie versiegender Quell. Er berichtete von Arlette in New York vom Mietwagenbüro, von Sharon, einer Airline-Angestellen in Los Angeles , von Britte Koren, die am Nachbar-

Messestand in Düsseldorf Dienst tat oder von Lydia Nolan, von der Empfangsdame des Shangria La Hotels in Sydney. Alles „Bekanntschaften", wie Rudi diese Zusammentreffen nannte. Doch ich glaube, man könnte auch „freiwillige Opfer" sagen.

Die schrägste Geschichte handelte von einer Passage auf dem Fährschiff der Finnline von Rostock nach Helsinki. Er war mit seinem Kollegen Frank zu einem Montagetermin nach Oulu in Nordfinnland unterwegs. Frank hatte Flugangst, also nahm man die Fähre. Am Abend in der Bar war scheinbar alles besetzt. An einem Tischchen flackerte romantisch eine dicke Kerze in Glashülle únd – was viel wichtiger erschien - waren dort noch zwei Plätze frei. Am Tischchen saßen zwei gut aussehende Endzwanzinger – nach Rudis fast untrüglicher Schätztechnik. Sie stellten sich als Raia und Matti aus Helsinki vor. Er von durchschnittlichem finnischen Äußeren, was immer sich jemand darunter vorstellen kann. Sie sah jedoch eher wie eine Südländerin aus Andalusien oder Sizilien: dunkles, schulter-

-langes Haar, dazu blitzend-runde Kugelaugen. Klar, natürlich auch schwarz. Sie wäre wahrscheinlich in Izmir oder Athen auf jeder Straße als Einheimische durchgegangen.

Rudi wäre nicht Rudi, hätte er nicht irgendwo aus seinem Hinterkopf einen sprachlichen Eisbrecher hervorgekramt hätte: „hyvää iltaa" – Finnisch für „Guten Abend". „Oh, Sie sprechen Finnisch", meinte Raia erfreut. „Ach, nicht der Rede wert ...", und funkelte lächelnd mit seinen Wikinger-Augen. Die erste Hürde, zumindest die bei Raia schien genommen. „Ja, und weshalb sprecht ihr so gut Deutsch?", wollte Rudi wissen. „Du weißt ja wie klein Finnland ist. Nur fünfeinhalb Millionen Einwohner. Da musst du schon die wichtigsten Sprachen deiner Geschäftspartner-Länder beherrschen", beantwortete Raia die Frage Rudis.

Matti gestand, dass er Flugangst hätte und schon hatte die Viererrunde ein verbindendes Gesprächsthema. Denn Frank litt ja auch unter derselben Krankheit. Und so entwickelte sich eine Unterhaltung, die von Symptomen bis zu erfolgreichen und unwirksamen Therapien reichte. Es stelle sich heraus, dass Matti Finanzbeamter war und vielleicht dadurch etwas steif wirkte. Während die Designerin Raia vor Leben sprühte. Und schon bald passierte das zwischen Raia und Rudi, was man als „Gesucht – gefunden" bezeichnet.

Mit jedem Wodka wurden die „versehentlichen" Berührungen, das unauffällige Streicheln der Oberarme intensiver bis es schließlich zum unsichtbaren Reiben von Raias Schienbeinen an Rudis Waden kam. Und Matti machte den Weg zwischen den beiden endgültig frei, als er vorschlug gemeinsam in die Schiffssauna zu gehen. Durch einige Blinzler und versteckten Handbewegungen machte Rudi seinem Kollegen Frank klar, dass er „andere Aufgaben" als Saunagänge geplant hatte. So marschierten die beiden „Flugangsthasen" ab in die Sauna. Es war ca. 20 Uhr und Rudi raunte Frank ins Ohr. „Komm' ja nicht vor 22 Uhr zurück!". Bald nach dieser Anweisung schwirrten auch Raia und Rudi

eng umschlungen wie ein junges Liebespaar
in Richtung der Kabine von Raia und Matti.
Dort verlief alles nach beider Vorstellung: die
Höhepunkte wechselten sich ab und die
Wolke sieben schien endlos.

Doch tief im Schiffsrumpf brauten sich dunkle
Problemwolken zusammen. Was niemand bedacht hatte, war der Umstand, dass die Sauna
um 21.30 Uhr automatisch abgeschaltet
wurde. Nach etwa 10 Minuten kühlte es im
Tannennadel-Duft des Schwitzraumes
langsam, doch durchaus merklich ziemlich
ab. Wie halte ich ihn nur vom Zurückgehen in
die Bar oder Kabine ab, grübelte Frank. Dann
die erleuchtende Idee!
„Weißt du", fragte er Matti, „dass wir in unserem Dorf einen eigenartigen Brauch nach
Beendigung der Saunagänge haben?" Natürlich konnte Matti das nicht wissen, da es
diesen „Brauch" ja auch garnicht gab. „Im
Gegensatz zu normalen Saunagängen, bei
denen man sich nach dem Schwitzen ins
Eiswasser stürzt oder gar im Schnee wälzt,
bleiben wir bei uns im Saunaraum sitzen und
bedecken uns mit allem was nach Handtü-
chern und sonstigen Textilien aussieht. Einer

meiner Freunde", ergänzte Frank: „übrigens ein Heilpraktiker, hat diesem Prozedere eine besonders positive Wirkung auf die Entspannungsphase zugeschrieben. Der anfangs etwas ungläubige Blick von Matti verschwand, als durch die Handtuch-Behängung das mittlerweile aufgetretene Frösteln gewichen war. Kurz nach 22 Uhr gab Frank dem nun schon leicht frierenden Matti den Weg zu dessen Kabine frei.

Man sah sich erst beim Frühstück wieder und schon bald verabschiedeten sich alle, brav mit seriösem Handschlag. Unbemerkt für die anderen besiegelte Raia die neu entstandene deutsch-finnische Freundschaft mit einem unsichtbaren leichten Fingerstreichler in Rudis Handfläche.

„Wir sahen uns nie wieder!", meinte Rudi mir gegenüber. „Schon schade …", bemerkte er danach. Dabei schien er in Gedanken in Helsinki, zumindest jedoch in Raias Kabine zu sein.

Die Hippies und der Pabst

Die letzten 60-70 Jahre brachten große Ereignisse und Umwälzungen sowie Entwicklungen mit sich. Sowohl in technischer, gesellschaftlicher, politischer und sportlicher Hinsicht. Unter anderem lässt sich auch die sogenannte „sexuelle Befreiung" mit all ihren Neuerungen und auch Perversionen nicht wegleugnen. Und schließlich erschienen auch die Hippies, die „Blumenkinder", deren Lebensphilosopie außer aus Friedensliebe „Make love not war" auch aus Sexorgien und Drogen bestand. Man stelle sich den Liedtext von „Sodomy" aus dem Hippie-Musical „Hair" beispielweise in den 1930er Jahren vor. In einer Zeit, in der Begriffe wie „Reine Rasse" und „Minderwertiges Leben" zum Wortschatz in Deutschland gehörten.

Wie aus heiterem Himmel kam in den späten 60er Jahren Sex fast wasserfallartig, für viele in einem unerträglichen Ausmaß auf die Bevölkerung zu.

Vor allem ältere Menschen wie unsere Groß-
und Urgroßeltern waren dadurch der Ohnmacht nahe und viele flehten den Himmel
und die Heiligen um Schutz an. Natürlich
kann man sich mit Grausen abwenden, doch
dadurch verschwinden diese Dinge und
neuen Verhaltensweisen nicht.

Eines der revolutionärsten Lieder aus dem
Hippie-Musical „Hair" war zweifellos die
Ode an den Sex >>>

Liedtitel: „Sodomie" aus dem Musical „Hair" (Uraufführung 1968)

Sodomie
(Begriffserklärungen in Klammern)

Sodomie *(Sex mit Tieren)*, **Fellatio** *(Oralsex)*, **Cunnilingus** *(Liebkosung der weiblichen Scham mit Zunge und Lippen)*, **Päderastie** *(Knabenliebe)*, *Vater (leiblich oder Geistlicher); warum klingen diese Worte so böse? - **Masturbation** (Onanieren) kann Freude bereiten. Tretet alle der heiligen Orgie des **Kamasutra** bei (Anmerkung: indische Lehrwerke und Leitfaden zur Erotik).*

Deutsche Übersetzung aus dem Englischen . Rowohlt Verlag

Melodie u.a. bei youtube.com

Und der Pabst?

Die Überschrift im Feuilleton der Augsburger Allgemeine vom April 2016 lautete: „Wenn die Leidenschaft erlischt". Ein Bericht von Wolfgang Schütz.

„Darin kamen neben Ehepaaren, Psychologen, Sexforscher sogar ein Liebesguru (was immer das ist) zu Wort. Ja sogar Pabst Franciscus (bürgerlich Jorge Mario Bergoglio) , der Fleischeslust gänzlich unverdächtig, schreibt – laut dem Zeitungsartikel in einem Aufsatz „Die Freude der Liebe" (erschienen im Patmos-Verlag). Da steht in diesem erstaunlichen Artikel des katholischen Oberhirten: „Die erotische Dimension ist kein geduldetes Übel zum Wohl der Familie, sondern ein Geschenk Gottes. Begehren zu empfinden ist weder sündhaft noch tadelnswert. Eine übertriebene Idealisierung hat die Ehe nicht attraktiver gemacht, sondern das völlige Gegenteil bewirkt."

Klafft nicht an dieser Stelle bereits der Abgrund? Die gesegnete Partnerschaft, das Sakrament der Ehe realisttscher betrachtet einerseits und der bislang irdisch besudelte Sex nun zur überirdischen Gabe erhoben andererseits?

Der Pabst jedenfalls nimmt die Probleme der gelebten Liebe in den Blick und ermutigt zu Lust."

Halleluja !

Bierbauch und Tortengrab

Verlieren Sie gerne? Also ich nicht! Wenn dann nur gelegentlich beim Schachspielen. Mit meinem Gegner spiele ich ungefähr einmal im Monat und kann davon ausgehen, dass ich etwa vier von fünf Partien verliere. Warum dann trotzdem?

Nun, ich bin kein Masochist, also ein Mensch den Niederlagen oder Verletzungen sexuell stimulieren. Einerseits akzeptiere ich – wenn auch leicht zähneknirschend, dass der bessere Spieler gewinnen soll – so wie mein Schachpartner. Doch ist das eigentlich Wertvolle an diesen Treffen die anschließende Unterhaltung, der Gedankenaustausch mit diesem Mann. Da geht es um ganz andere Dinge als Schach.

Er heißt Magnus und ist mit seinen etwa siebzig Jahren noch ganz flott unterwegs. Gemeinsame Freunde wussten, dass er Chefarzt in einer großen Klinik war. Seit langem schon wollte ich aus Neugierde wissen, ob es neben dem Frauenarzt auch einen Männerarzt gäbe.

Nun hatte ich bei Magnus offenbar in ein Wespennest gestochen. Sofort nahm er eine aufrechte Dienstpose begleitet von einem ernsten Chefarzt-Gesicht ein. Und er dozierte mit ernstem Tonfall: „Natürlich gibt es einen Männerarzt, den sogenannten Andrologen. Dabei handelt es sich meist um eine Zusatzqualifikation eines Urologen.", erklärte Walter fachmännisch. „Die Bezeichnung Männerarzt, medizinisch korrekt „Androloge" genannt, ist zwar nicht sehr verbreitet. Doch es gibt eben Mediziner, die sich auf Männerleiden spezialisiert haben." Er schien zu merken, dass ich es noch genauer wissen wollte, was bei einem Andrologen so alles passierte. „Vorsorgeuntersuchung der Prostata, Urinuntersuchung zur Feststellung von eventuellen Krankheitskeimen im „unteren Bereich" des Mannes sowie auch Blasen-spiegelung …", und er schien noch lange nicht am Ende seines Vortrages zu sein.

„Oh, ist das ja eine ganze Menge. Ob ich mir davon wohl etwas merken kann?", gab ich zu bedenken.

„Eines möchte ich dir aber noch sagen",
ergänzte Magnus. „ Nämlich Männer mit
dicken Bäuchen lieben nicht gerne. Will heißen: sie verlieren häufig das Interesse an Sex",
fügte er mit ernster Miene hinzu. Er bemerkte
meinen Blick in meine Bauchgegend,
manchmal etwas böse Bierbauch oder
Tortengrab bezeichnet. „Ja, bei dickleibigen
Männern hören häufiger die Hoden auf, das
männliche Sexualhormon Testosteron zu
produzieren. Doch es gibt Ausnahmen: bei
manchen 90-jährigen findet man Testosteron-
Spiegel wie von jungen Männern." Ich verzog
mein Gesicht und meinte: „Ja, ältere Männer
haben ja häufig Übergewicht. Wie heißt es so
schön: Essen ist der Sex des Alters …!" Er
nickte und fügte an: „Außer der
Beeinträchtigung der Testosteron-Produktion
durch altersbedingte Dickleibig-keit wirken
sich auch depressive Phasen auf den
Testosteron-Nachschub aus."

Ich schnaufte und Magnus merkte wohl, dass
ich an der Grenze meines medizinischen
Interesses sowie meiner Konzentration

angekommen war. Spätestens nach meiner Bemerkung: „Da kann man ja froh sein, wenn man dass Gröbste schon hinter sich hat."

In Gedanken schoss mir als Ergänzung dieses „hinter sich Habens" durch den Kopf: „Zumindest in Sachen Triebhaftigkeit."

Magnus meinte knapp, aber treffend „Tja, manche Herren fühlen sich wahrscheinlich über diese mangelnden Anforderungen glücklich." Doch das dicke Ende seiner Aussage folgte postwendend: „Ja ich weiß von mehreren Freunden, die als Frauenärzte praktizieren, dass Frauen bis ins hohe Alter Sex haben können. Egal ob dick oder schlank".

Ganz fachmännisch ergänzte Magnus: „Und außerdem haben die Männer dann auch die Rechnung ohne den Wirt gemacht. Dieser Wirt ist in diesem Fall der Psychiater Sigmund Freud." So musste ich noch erfahren, dass dieser Freud den Begriff „Penisneid der Frauen" ins Feld führte. Diese Freud'sche These geht nach dessen eigener Aussage auf Schilderungen und Träume seiner Patientinnen zurück. Dafür wurde Freud auch von einigen seiner Kollegen heftig kritisiert.

Bierbauch oder Tortengrab hin, Testosteron her, Psychiater und sonstige Eigenartigem !?

Ich war nicht sicher, ob ich künftig wieder Schach-Niederlagen mit anschließender Medizinvorlesung erleben wollte. Zumindest nicht jeden Monat.

Mit Magnus bin ich noch heute bestens befreundet.

Abgesang

Und? Haben Sie Schnittstellen (Neudeutsch: Interfaces) zu und in Ihrer Erlebniswelt entdeckt? Manche mögen das Geschriebene mit Kopfnicken bejahen , andere mit gleichgültigem Schulterzucken und einige gar mit ablehnendem Kopfschütteln zur Kenntnis nehmen. Doch Egal, ob ja, vielleicht oder nein – ich mache jedenfalls einen Haken unter das Thema. Doch Sexualität ist und bleibt ein nicht zu leugnender Bestandteil unserer Gesellschaft.

Vielleicht fällt mir für künftige Schreibereien etwas weniger vermeintlich Schlüpfriges ein.

Weitere Gustl Mair-Bücher

Landleben-Haschisch & Halleluja

Heimatliche und eigen-
artige, lustige und nach-
denkliche Erzählungen aus
dem ländlichen Lebens-
raum.
140 Seiten mit Farbbildern
ISBN
Buch 9783752833669
eBook 9783752800357

Opa & der Rock'n'Roll

Ein hoffnungsvoller Aus-
blick für 50Plus Männer
(und Frauen!?), Vorruhe-&
Unruheständler
138 Seiten mit Illustrationen
ISBN
Buch 9783752833669
eBook   9783752800357

Kostenlose Leseproben > info@sonimages - Bücher
im Buchhandel +vielen eBook-Shops erhältlich.

Künstler-Postkarten

Im Zeitalter seelenloser Korrespondenz per eMail, WhatsApp, Twitter, Facebook etc. gleicht eine handgeschriebene Postkarte fast einem Halbedelstein.

4er-Sets – Digital-Farbdrucke, 160g Offset-Papier Je € 8,50 inkl. Verpackung/Versand

Weitere Motive auf Anfrage sowie unter: ww.sonimages.de/reisebilder.htm **Bezug: Klang & Bilder- Tel. 0821/4534367 –** info@sonimages.de